Wolfgang Pein

Schafe mähen nicht nur Gras

Bunglass und McGregor

Wolfgang Pein

Schafe mähen nicht nur Gras

Untertitel: Die Abenteuer zweier Schaf-Freunde

- ein „tierischer" Roman

... eine Hommage an

das Zusammenleben von Mensch und Tier

Information der Deutschen Nationalbibliothek:
Die Deutsche Nationalbibliothek verzeichnet diese Publikation in der Deutschen Nationalbibliografie. Detaillierte bibliografische Daten sind im Internet über http://dnb.d-nb.de abrufbar.
Dieses Werk ist einschließlich aller seiner Teile urheberrechtlich geschützt. Jede Verwertung und Verwendung außerhalb der engen Freigrenzen des Urheberrechtsgesetzes ist ohne Zustimmung des Copyright-Besitzers unzulässig und strafbar. Dies gilt insbesondere für Reproduktionen, Speicherung in Daten-Verarbeitungsanlagen, Wiedergabe auf elektronischen, fotomechanischen oder ähnlichen Wegen, Übersetzungen und Mikroverfilmungen.

Alle Rechte bzgl. Idee, Text, Bilder, Umschlag- und Buchgestaltung liegen beim Autor.

Copyright 2014 Wolfgang Pein, Germany
Schafe mähen nicht nur Gras

Untertitel: Die Abenteuer zweier Schaf Freunde

Herstellung und Verlag:
BoD – Books on Demand, In de Tarpen 42,
D 22848 Norderstedt, Germany

ISBN 9783738606584

Da sind w i r also a l l e!
Aber Moment mal, w e r sind denn w i r alle ?

Nun, da sind zu allererst die Hauptpersonen in diesem Buch. Und die Hauptpersonen sind Schafe. Genauer gesagt, eines ist ein irisches Schaf, ein irisches Schaf aus dem Nordwesten von Irland – ein Schaf von den Weidegründen des kleinen Ortes „Glencolumbkille". Dieser Ort ist real, ich war auch schon da. Und ich muss es wissen, denn ich bin der Autor und kenne alle Mitwirkenden in diesem Buch persönlich.

Das Schaf dort heißt „Bunglass". Wenn Bunglass nicht gerade das herrliche salzige Gras frisst, das an der Atlantikküste besonders schmackhaft ist, dass du keinen Gewürzhändler mehr aus dem Orient brauchst, dann arbeitet er im dortigen Heritage-Center in Glencolumbkille. Dort kann der Mensch erfahren, wie das frühere Leben sich so in Irland abgespielt hat. Und da natürlich auch immer Tiere mit dazu gehörten, die früher ja auch im selben Hause lebten, so gibt es eben auch die passende Schaf-Herde dazu. Und dazu gehört auch Bunglass.

Bitte schließen sie daher doch einmal alle für einige Augenblicke die Augen und stellen sich eine Schafherde in Irland vor.

Sicher sehen auch sie, wie Bunglass mit seinen Freunden friedlich auf der Weide das wohlschmeckende Gras genießt.

In Irland soll es 40 verschiedene Grüntöne geben, was durchaus stimmen kann.

Auch wenn Bunglass ein Schaf ist, von Natur aus viel wärmende Wolle besitzt, können Winter oben links in Irland doch recht rau, stürmisch und kalt sein.
Bunglass hatte mehr als einmal zu lange in den kalten und feuchten Gräsern seiner Weide gelegen und sich dabei einen nicht mehr zu reparierenden Kälteschock zugezogen. Von da an konnte es ihm nämlich einfach nicht mehr warm genug sein. Da kann dann auch ein warmer Pullover überhaupt nicht schaden, den sich Bunglass von den Aran-Inseln mitgebracht hat, als er dort eine befreundete Schafherde besuchte.
Diese Pullover gelten als besonders wetterfest. Natürlich trägt Bunglass – wie jeder irische Mann auch – seine „Paddy-Mütze". Diese hat er aber erst in Deutschland bekommen. Eine gute Freundin seiner dortigen Gastfamilie im schönen Münsterland hat sie ihm zur Begrüßung angefertigt und geschenkt. Auf seinem Pullover prangt ein Kleeblatt, in Irland wahrhaftig ein großes Symbol.
Das Kleeblatt bekam Bunglass in Deutschland von seiner Gastmutter Helga auf seinen Pullover gestickt. Auf seine Mütze und seinen aufgewerteten Pullover ist Bunglass sehr stolz.

Bunglass hat viele Freunde in Irland, mit denen er ab und zu den übrig gebliebenen Inhalt von Guinness-Gläsern aus dem Restaurant des dortigen Heritage-Centers vollständig leert.

Das kann natürlich nur passieren, wenn wieder einmal Touristen da waren, denn ein Ire würde nur ein leeres Guinness-Glas hinterlassen. Manchmal kommt fast ein volles „Pint of Guinness" zusammen, was in etwa etwas mehr als einen halben Liter ausmacht.

Da werden nach dem Genuss schon mal ziemlich alte Schaf - Lieder am abendlichen Lagerfeuer gesungen. Dies habe ich auch schon einmal erlebt, aber da die Schafe „auf gälisch" gesungen hatten, war für mich das überhaupt nicht zu verstehen. Nur habe ich mich sehr gewundert, dass Schafe auch noch andere seltsame Laute heraus bringen, als ihr bekanntes „Määhh, määhh, määhh". Nachdem ich Bunglass mit der Zeit näher kennen gelernt habe und er mir auch Texte der Lieder übersetzt hat, bin ich ein absoluter Fan der keltischen Musik geworden.

Der beste Freund von Bunglass ist McGregor. Der kommt aus Schottland und ist – wie Bunglass – auch ein ganz besonderes Schaf. McGregor trägt einen Kilt – und natürlich alles, was dazu gehört.

Wir werden noch ausführlich hören, wie diese beiden Schafe zueinander fanden. Was beide Schafe noch vereint – sie beherrschen die menschliche Sprache und können auf ihren Hinterhufen gehen.

Und d a sind auch sie, lieber Leser und liebe Leserin, denn sie sind jetzt hier, sonst könnten sie dies ja auch gar nicht lesen. Als Autor - in Irland, Schottland und hier im Buch werde ich „Wuulfgeng" genannt - habe ich natürlich meine erlebten Fingerabdrücke hinterlassen, auch wenn dies im Zeitalter des Laptops so nicht mehr genau wörtlich zu nehmen ist.

… viel Spaß mit meinen Schafen !

Und jetzt war es wieder einmal soweit!

Glencolumbkille / Irland / 20.35 Uhr
- an einem Samstag - Mitte November -

Das Lagerfeuer brannte, die Wellen des Atlantischen Ozeans spülten unentwegt feinen Sand an den Strand von Glencolumbkille, den sich die vorherigen Wellenkollegen von dort gerade erst geholt hatten. Die ersten stimmungsvollen Lieder stimmten die ältesten Schafe an, denen es immer vorbehalten bleibt, einen besonderen Abend zu eröffnen. Dass dies ein ganz besonderer Abend war, das merkte auch das jüngste Lamm, das erst dieses Jahr geboren wurde.

Nach und nach stimmten alle Schafe, die textsicher waren, mit ein in ein altes gälisches Lied, das von Auswanderern handelt, die irgendwann einmal in ihre Heimat Irland zurück gekehrt waren. Die Stimmung stieg und stieg und war heute besonders gut, d e n n - Bunglass besuchte seine heimatliche Herde.

Er hatte mit seinem schottischen Schaf - Freund McGregor einige Zeit bei seiner Gastfamilie (bei Helga, Wuulfgeng und Kater Moritz) in Deutschland gelebt.

Und McGregor, der zusammen mit Bunglass zum Besuch nach Glencolumbkille gekommen war, spendierte einen Single Malt Whisky aus Schottland. Die Schafe von Glencolumbkille hatten – wie bereits geschildert – Guinness gesammelt, eine Mischung also, die insgesamt recht vielversprechend zum Willkommen - Fest für Bunglass ist.

Die Stimmung loderte auch bald viel höher, als das Lagerfeuer sich gen Himmel reckte. Die Spannung knisterte schon lauter, wie es das brennende Holz vermochte. Die Köpfe der vielen Schafe hatten schon eine etwas andere Farbe angenommen, als dies allgemein ansonsten üblich ist. Selbst die „Kleinen" hatten sich heimlich einen genehmigt - war ja auch ein besonderer Tag!

Die Schafe von Glencolumbkille hatten inzwischen schon so viel von Bunglass gehört, dass sie einige der Geschichten nun unbedingt persönlich aus seinem Munde hören wollten.
Und der Chef der Schafherde sprach:
„Bunglass, du lieber heimgekehrter Sohn unserer Herde, erzähl uns doch bitte, was du erlebt hast, seitdem du uns verlassen hast, um auch einmal „weit über den Zaun zu sehen".

Aus erstem Huf, besser gesagt aus eigenem Munde, da hört man dann doch eher die ganze Wahrheit."

Bunglass erhob sich und rückte seine Mütze zurecht. Alle wussten, dass es nun eine lange Nacht werden würde.

„Liebe Freunde", sprach Bunglass: „Wenn es in der Heimat schön ist und viele Freunde auf einen warten, dann kommt man eben auch gerne immer wieder zurück. Eigentlich bin ich wegen jedem von euch hier, denn ihr alle seid meine Heimat."

Die Schafe spendeten einen langen Applaus, und nicht wenige von ihnen hatten jetzt schon Tränen in den Augen.

Bunglass zupfte etwas verlegen erneut an seiner Mütze und fuhr fort: „Es fiel mir damals ja schon sehr schwer, von euch weg zu gehen. Aber ich wollte als junger und ungestümer Bursche doch unbedingt beweisen, dass Schafe nicht dumm sind, wie es bei den Menschen heißt. Wir kauen eben nicht nur Gras. Und ihr werdet von mir hören, dass mir das wohl auch sehr gut gelungen ist. Das habt ihr ja auch schon vereinzelt gehört. Schließlich sind ja auch schon Geschichten über McGregor und mich geschrieben worden."

„Geschichten, Geschichten!" riefen einige ungeduldige Lämmer, die wussten, dass sie nicht so lange wie die erwachsenen Schafe aufleiben durften.

„Ist ja schon gut, ich komme schon noch zur Sache", sagte Bunglass. „Zuerst möchte ich euch aber noch meinen Freund McGregor vorstellen."

„Vorstellen, vorstellen!" riefen wieder die übermütigen Lämmer.

Ein Blick vom Schaf – Chef wies diese aber in ihre Schranken, obwohl auch dieser selbst, was er ja niemals zugeben würde, schon ungeduldig war, die abenteuerlichen Geschichten von Bunglass selbst aus dessen Munde zu hören.

Bunglass begann erneut: „Wie ihr schon wisst, ist McGregor ein schottisches Schaf. Ich werde euch noch ganz genau erzählen, wie ich ihn kennen gelernt habe. Das wird für euch sicher spannend, denn das alles war nicht ganz ungefährlich."

„Määhh, määhh, määhh", blökten nun die Lämmer etwas ängstlich im Chor.

Sie meinten: „Sorry, aber dies sind einfach nur Ausbrüche unserer Begeisterung und Erwartung in unserer Muttersprache und keine ungezogene Unterbrechung - wie im Englischen Parlament - wie wir es vor kurzem noch im Radio gehört haben!"

Bunglass schaute sehr freundlich zu den Lämmern herüber.

„Ich verstehe euch sehr gut, denn auch ich war mal ein kindlich Ungeduldiger. Früher konnte es auch mir gar nicht schnell genug mit allem gehen. Ihr müsst noch so einiges lernen. Kommt doch einfach etwas näher zu mir heran. Und ihr werdet hören und staunen, dass auch Schafe viel erleben und weiter als bis zum Zaun kommen können."

Der Ältestenrat der Herde wagte jetzt auch einen Einwurf: „Wir meinen, dass es an der Zeit ist, mal wieder eine Runde kreisen zu lassen. Sicher braucht doch auch Bunglass einen großen Schluck, damit sein Hals nicht zu trocken ist, wenn er mit seiner Lebensgeschichte anfängt."
Es gab keinen einzigen Widerspruch; auch wollte kein Schaf erst einmal diskutieren, wie dies in Deutschland mit fast an Sicherheit grenzender Wahrscheinlichkeit erst geschehen wäre, bei den Menschen zumindest.
Auf der Weide wuchs die Luftfeuchtigkeit und in den Schafen die Körperflüssigkeit.

„Die meisten von euch werden sich noch sicher genau an den Tag erinnern, wo ich erstmals laut den Wunsch geäußert hatte, in die Welt hinaus zu ziehen", redete Bunglass begeistert weiter.
„Für die unter euch, vor allem für die Lämmer, die mich ja erst heute persönlich kennen gelernt haben, da könnten wir diesen damals
denkwürdigen Tag doch einfach noch einmal nachspielen."

„Rollenspiel, Rollenspiel!" blökten nun wieder die Lämmer in voller Begeisterung. Und jetzt schaute niemand missmutig in ihre Richtung, sondern alle Schafe stimmten freudig ein. „Rollenspiel, Rollenspiel", so tönte es über das Lagerfeuer hinweg, übertönte den Geräuschpegel der Wellen am Strand, und alle noch nicht zur Ruhe gebetteten Vögel stellten erstaunt ihren Gesang ein. Die Besprechung des Spiels ging zügig voran, die Besetzung der Rollen war vielen noch gut in Erinnerung.

Als Bunglass sich nun in die Mitte der Herde stellte, da kam er sich fast wie ein Büttenredner beim Kölner Karneval vor. Und genau wie damals geschehen, eröffnete Bunglass jetzt das Rollenspiel: „Liebe Freunde, hört mir bitte zu! Wir sind doch intelligente Schafe. Da ist viel mehr, als dass wir nur Gras kürzen können. Was haltet ihr denn davon, etwas mehr von der Welt zu sehen? Wir können andere Städte erkunden, andere Schafe in anderen Ländern sehen, überhaupt neue Freunde treffen!"

Die anderen Schafe lächelten kurz, fügten sich dann aber wieder sofort in ihre ernste Rolle von damals ein. Sie machten ein entsprechendes Gesicht und konnten offensichtlich nicht glauben, was sie da soeben gehört hatten. Manche Dinge sind eben nicht nur für Menschen schwierig, auch für Schafe, wenn sich etwas verändern soll.

Wie aus einem Mund rief die komplette Schaf-Herde: „Du meine Güte, was soll das? Warum sollen wir denn so etwas tun? Das ist hier richtig gutes Gras in Glencolumbkille. Wir leben seit Generationen hier. Unsere Eltern und Großeltern haben hier schon das Gras gekürzt."

„Warum sollen wir hier weg?" wandte das älteste Schaf ein. „ Es ist doch so ein schönes Plätzchen hier. Wir haben doch hier alle ein wunderschönes Leben."

Bunglass hatte sich dies alles nicht erst heute ausgedacht. Er war jung, er hatte eine eigene Meinung. Und er dachte bei sich, ich habe etwas begonnen und werde es auch zu Ende bringen.
Bunglass redete weiter wie ein Buch. Er stellte seine Fragen an alle anwesenden Schafe:

„Freunde, ich habe diese Berufung in meinem Kopf. Bitte helft mir! Welches Land könnte denn gut für mich sein? Was haltet ihr denn davon, wenn ich zunächst nach Frankreich trabe?"

Die Schafe blickten Bunglass entgeistert an, gerade so, als ob sie wirklich einen Geist erblickten.

Sie wanden sich wie Aale und sie riefen im Chor: „Nicht doch, Bunglass! In Frankreich musst du doch den ganzen Tag lang diesen Landwein trinken. Das ist für Schafe nicht gut!"

„OK, meine Freunde. Was haltet ihr denn dann von Belgien?"

„Bloß nicht Belgien! In dem Land musst du doch den ganzen Tag lang Pommes essen. Die sind überhaupt nicht gut für ein Schaf!" so riefen die älteren Schafe, die sehr auf gesunde Ernährung bedacht waren.

Bunglass schaute in die Runde und dachte sich dabei, dass es nicht an der Zeit ist, jetzt schon aufzugeben. Und er schaute noch einmal in die Runde der versammelten Schafe und sagte dann: „Was ist denn eure Meinung über die Niederlande? Wäre das etwa ein Land für mich?"

Die gespannt zuhörenden Schafe brachen in kalten Schweiß aus. Und der Vize-Schaf-Chef rief drastisch aus:

„Bunglass, mein Gott, ich glaube, dass mein Blutdruck gerade in die höchsten Berggipfel aufsteigt. Nein, das kannst du nicht machen. In den Niederlanden musst du den ganzen Tag lang Käse essen. Hast du jemals davon gehört, dass dies für ein Schaf gut sein soll?"

Bunglass ist kein Schaf, das sich auf dem Absatz umdreht und aufgibt, wenn etwas nicht sofort so läuft, wie man möchte.

Bunglass wollte gerade einen weiteren Vorschlag machen.

Aber einige der nun langsam ängstlich werdenden Schafe versuchten es erneut, Bunglass von seinem Vorhaben abzubringen.

„Es ist nicht erlaubt, aus dem vorgegebenen Leben so einfach ausbrechen zu wollen. Es ist doch viel zu gefährlich, Dinge zu wollen, von denen man keine Ahnung hat, was dabei heraus kommt! Bunglass, dein Platz ist doch hier. Glencolumbkille ist dein Zuhause."

Bunglass hörte seinen Freunden zwar mit großer Aufmerksamkeit zu.

Aber in seinem Kopf zweifelte er zu keiner Zeit an seinem Vorhaben, und er sagte innerlich immer wieder zu sich selbst, dass er genug Kraft und Mut hat, die Dinge anzufassen und durchzustehen, die er sich vorgenommen hat. Er sagte sich, dass es sein Weg ist, dies nun auch tatsächlich tun zu müssen.
Und Bunglass sah sich wieder um, sah allen Schafen in die Augen, was wegen der Vollversammlung der Schafe eine recht beachtliche Zeit in Anspruch nahm. Er holte tief Luft und nahm den nächsten Anlauf.
„Was denkt ihr denn eigentlich über England? Es ist von hier aus nur ein kurzer Weg, und ich bin schon bald wieder zurück!"

Jetzt war die Anspannung der zuhörenden Schafe auf dem Höhepunkt angekommen.

Es wurde laut auf der Weide, sehr laut. Einige Schafe kreischten in den höchsten Tönen, es klang beinahe schon recht gefährlich, und die ersten besorgten Mienen der als Erste Hilfe eingeteilten Schafe sprachen Bände.

Einige öffneten schon einmal ihre Erste-Hilfe-Taschen, in denen sich allerdings nichts weiter befand, als eine Flasche irischen Whiskey, der jedes verstörte Schaf wieder ins volle Leben zurück holen würde. So war es zumindest schon hunderte von Jahren in den Herden weiter gegeben worden. Den ersten Schluck nahmen dabei die „Sanitäter" immer selbst, nun ja, die mussten ja auch durchhalten, bis alle wieder auf den Hufen waren. Völlig klar, dass es an freiwilligen Sanitätern nie mangelte.

Wie mit einer Stimme schrien alle versammelten Schafe auf, nachdem sie sich endlich wieder einigermaßen gefasst hatten:
„Nein Bunglass, weißt du denn nicht, wie gefährlich es für dich in England ist?

Willst du uns auf den Arm nehmen? Hast du denn noch nie etwas von „Jack the Ripper" gehört? Es ist sehr gefährlich in England für uns Schafe, sehr sehr gefährlich!"

Das alles nahm den Schafen fast den Atem. Und noch einmal versuchten sie alles, Bunglass von seiner Reise abzubringen.

Auch der Chef schaltete sich noch einmal ein, aber es hatte alles keinen Erfolg.
Bunglass war auf seinem Weg wohl nicht mehr aufzuhalten. Bunglass sagte: „Es ist meine Berufung, liebe Freunde. Es ist mir nicht wie ein Blitz aus dem heiteren Himmel gekommen. Ich habe mich schon sehr lange mit dieser Idee befasst. Es ist mein Weg, neue Länder zu sehen und so viel zu Lernen, wie ich vermag.
Sagt doch - wie denkt ihr denn über Deutschland?"

Diesmal antwortete der Chef der Herde ohne zu zögern sofort und noch vor allen anderen Schafen, die nach Luft rangen, um überhaupt noch weiter sprechen zu können. „Lieber Bunglass, du wirst dich nicht von deiner Idee abbringen lassen, das spüre ich ganz deutlich.

Was wir auch immer sagen werden, du wirst deinen Weg gehen.

Wir lassen dich nur mit sehr gemischten Gefühlen gehen, aber wir wünschen dir viel Glück auf deinen Wegen."

Bunglass war glücklich, seine Antwort dauerte nun aber auch bei ihm eine Weile, da er mit einer Träne kämpfte. „Ich danke euch für euer Verständnis. Ich werde mich auf den Weg machen und versuchen, freundschaftliche Brücken zwischen Irland und Deutschland zu bauen."

Das Rollenspiel näherte sich nun langsam dem Ende. Alle Schafe atmeten auf, dass sie ihre Rollen so gut in Erinnerung behalten und so gut gespielt hatten. Es war eigentlich wie damals, als es so wirklich passierte.

Den Schlusspunkt setzte natürlich Bunglass mit seinem Ausruf:

„ Nun habe ich ein Ziel in Deutschland. Ich werde Kater Moritz und seine Menschen suchen und auch finden.

Määääähhhhh, Deutschland - ich komme!"

immer noch in Glencolumbkille -
an einem Sonntag - Mitte November -
Null bis 24.oo Uhr

Dieser nächste Tag war eine einzige große Party, wie sie Glencolumbkille noch nicht gesehen hatte, zumindest wohl nicht bei Schafen. Die Hauptperson war natürlich Bunglass. Jedes Schaf seiner Herde und auch jedes Schaf der Nachbarherden im weiten Umkreis wollte Bunglass unbedingt sehen. Keiner wollte dies verpassen, hatte es sich doch wie ein Lauffeuer herumgesprochen, was hier für ein schönes Fest gefeiert wurde. Schließlich leben Irlands Schafe nicht hinter dem Mond. Sie haben selbstverständlich schon ihre Handys für die schnelle Kommunikation. Mit Rauchzeichen hätte es auch sicher zu lange gedauert, bis alle ihre Infos erhalten hätten. Viele Schafe wären dann nicht rechtzeitig zur Party eingetroffen. So waren alle versammelt, die Post ging ab, auch wenn Schafe normalerweise keine Briefe verschicken. Und einige Schafe führten für Bunglass eine „Art von Tattoo" auf.

So ein „Tattoo", wie man es vom Edinburgh-Festival kennt, ist für Schafe ziemlich schwierig, viel schwieriger als für Menschen. Wer schon einmal den Befehl „kehrt marsch" ausprobiert hat, der weiß, wie problematisch dies schon beim Menschen mit seinen zwei Beinen ist.

Man kann sich lebhaft vorstellen, wie dieser Befehl wohl mit vier Beinen zu bewältigen ist, ohne dass sich nicht mindestens eines der Beine in den Weg der anderen stellt.

Die Schafe umgingen diese Schwierigkeit der vielen Beine damit, dass sie sich einfach zweimal den Befehl „links herum" oder „rechts herum" gaben. Auch somit kommt man eben zu seinem Ziel; Schafe sind eben ziemlich erfinderisch.

Die Zeit und damit der Tag und auch die Zeit bis Mitternacht vergingen wie im Fluge. So langsam waren die Schafe ziemlich müde. Alle suchten sich ein schönes Fleckchen, manche schliefen da ein, wo sie gerade standen.

Glencolumbkille - Montag -
der nächste Tag – Null Uhr bis 24.oo Uhr

Heute erwachten die Schafe ein bisschen später als sonst üblich. Die Feierlichkeiten zeigten nun Wirkung. Bunglass und sein Freund McGregor würden sich schon bald wieder auf ihren Weg machen, denn sie wollten nach Deutschland zurück und noch einige Abenteuer erleben und weiter fürs Leben lernen.

Bevor es aber zum großen Abschied kam, wollten die zurück bleibenden Schafe noch wissen, wie es denn schließlich Bunglass auf seiner Reise nach Deutschland erging und wie er denn überhaupt seinen schottischen Schaf - Freund McGregor kennen lernte.

Bunglass und McGregor freuten sich über so viel Interesse der Schafe. Diese Schafe aus Glencolumbkille hatten einen Steinkreis errichtet, gerade so wie in uralten Zeiten, als diese Steinkreise als Versammlungsorte genutzt wurden. Somit hatten die Schafe ein eigenes Schaf - Stonehenge erschaffen und darauf waren sie mehr als stolz.

Der Unterschied zwischen Original und Nachbau bestand lediglich darin, dass die Schafe leider nicht die schweren oberen Quersteine aufeinander schichten konnten.

Bunglass begann inmitten der Steinformationen mit seiner Geschichte, wie er Glencolumbkille verließ und was dann geschah:

„Ich hatte aus meiner Zeit im Heritage-Zentrum in meinen Ohren noch viele Worte der Besucher. Dabei waren auch sehr viele Deutsche; man könnte sagen, ein wenig kannte ich schon die deutsche Sprache.

Bei meinem Mithör-Sprach-Studium hatte ich auch von Besuchern gehört, die in Deutschland einen Kater haben, der „Moritz" heißt und in einer Gegend leben, in denen es auch viele Schafe gibt. Als ich dann noch hörte, dass reichlich Natur vorhanden, gutes Gras in ihrer Gegend wächst und auch dort ein gutes „Guinness" geschätzt wird, da war für mich schon alles klar.
Das sind doch mehrere schöne Gründe, um nach Deutschland zu traben, und so machte ich mich auf meinen Weg.

Ich hatte mir ja das Kennzeichen des Autos notiert, mit dem die Deutschen Glencolumbkille besucht hatten, und die Namen der Besucher waren Helga und Wuulfgeng. Mit diesen Angaben wollte ich auch den Wohnort in Deutschland heraus finden. Dazu machte ich mich auf den Weg nach Donegal. Ihr wisst ja, dass dies unsere nächste größere Stadt ist und die meisten von euch wohl noch nie dort gewesen sind.

Jedenfalls kenne ich dort einen Freund, der für ein Büro arbeitet, indem er dort die Anlagen pflegt, besonders natürlich den Rasen.

Dieses Büro kennt alle Autokennzeichen in ganz Europa. Mein Freund, der im übrigen Ben Rattlesnake heißt, würde mir sicher bei der Suche nach dem Wohnort in Deutschland helfen."

Mehrere Pfoten reckten sich bei diesen Worten von Bunglass in die Höhe und zwei der zuhörenden Schafe riefen gleichzeitig:
„Bunglass, das ist ja ein äußerst merkwürdiger Name für ein Schaf! Wer hat Ben Rattlesnake denn solch einen Namen gegeben?"

„Nun ja", antwortete Bunglass: „Das ist wahrhaftig ein recht ungewöhnlicher Name, da habt ihr vollkommen recht.

Ich sehe ja richtige Fragezeichen über euren Köpfen! In dem Büro, wo er arbeitet, da war mal ein großes Fest, das die Menschen „Betriebsfeier" nennen. Das Motto der Feier hatte auch viel mit Mutter Natur zu tun, mit Pflanzen, als auch mit Tieren.
In einem gezeigten Naturfilm kam auch eine Rattlesnake Klapperschlange) vor.

Deren Rassel am Schwanzende sitzt und mit der die Schlange deutlich hörbar warnt, wenn ihr jemand zu nahe kommt.

Nun, Ben Rattlesnake hat nicht ganz so wohl geformte Beine, deren Knochen eben etwas krumm geraten sind. Beim Gehen stoßen diese manchmal aneinander. Dabei entstehen dann so ähnliche Geräusche, wie das Klappern oder Rasseln einer Klapperschlange. Da hatte der gute Ben auch schon schnell seinen Spitznamen weg. Er ist aber ein stets fröhlicher Typ, ein guter Kumpel, und es macht ihm nichts aus."

In den Reihen der Schafe ging ein Raunen daher. Aber die Erklärung schien ihnen logisch, und wenn es Ben nicht schadet, dann kann man verzeihlicher weise noch gerade mal über diese Anspielung hinweg sehen, fanden jedenfalls die meisten Schafe.
Einige Damen in der Herde, die vom ersten Augenblick an für den stattlichen McGregor schwärmten, forderten nun Bunglass auf, dass er ihnen erzählt, wie er seinen Freund kennen gelernt hat.
Sie alle hatten noch nie ein Schaf mit einem Kilt gesehen. Sie konnten kaum den Blick von McGregor wenden. Anscheinend waren sie zu schüchtern, diesen doch selbst danach zu fragen. Vielleicht verbietet das aber bei Schafen auch die Etikette, so genau kennt man sich da ja nicht aus.

Bunglass ließ keine Zeit verstreichen und erklärte: „Ladies, Gentlemen, auf meinem Weg nach Deutschland trabte ich, nachdem ich die Fähre genommen hatte, quer durch Schottland.

Zunächst wollte ich in Dumfries alte Menschenfreunde besuchen, wenn ich schon mal wieder da war. Dabei kam ich auch an einer Weide vorbei, auf deren Zaun ein auffälliges Schaf saß. Und das war eben McGregor. Wir sprachen kurz über dieses und jenes und er erklärte mir, warum er hier war und vor allem, warum er eigentlich auf der Flucht war. Aber dies soll McGregor euch allen selbst erzählen. Komm, alter Junge, erzähl uns deine Geschichte. Die ist ganz schön spannend. Wenn einer keinen Nervenkitzel vertragen kann, sollte er lieber weg hören!"

McGregor stand wie ein Baum im Wind, den nichts erschüttern kann, wie ein echtes Highland-Schaf eben, tapfer und Sturm erprobt. Stolz sah er aus in seinem Kilt, kühn und edel, eben so, wie man einen Freund an seiner Seite haben möchte.
Kurz dachte er über das Geschehene nach, setzte sich auf eine Steinbank und blickte in die Runde.

McGregor blickte etwas anders, als man es ansonsten von ihm kennt. Das folgende Thema ging ihm wohl ziemlich nahe. Sein Ausdruck war von ansonsten lustig in sehr bedenklich gewechselt, als er begann:
„Ich werde euch nun eine Geschichte erzählen, die schon vor dem Kennenlernen von Bunglass passiert ist.

Aber dank Bunglass und seinen Freunden ist sie ja gut ausgegangen, und ich hoffe, dass dies auch so bleiben wird, denn auf der Flucht bin ich eigentlich immer noch. Deshalb bitte ich euch nun alle ganz herzlich, eure Handys auszuschalten.

Dies hat seinen Grund, wie ihr gleich feststellen werdet. Es ist ansonsten gut möglich, dass die „NSA" etwas mitbekommt, was für mich und eventuell auch euch großen Schaden bedeuten kann. „NSA", das bedeutet „Nationale Schaf Attacke" und ist eine Vereinigung der britischen Metzger. Warum dies so gefährlich ist, auch das werdet ihr gleich alle verstehen."

„Bunglass, McGregor, sollten wir nicht lieber die ganz jungen Lämmer etwas an die Seite nehmen. Die haben bisher überhaupt noch keine bösen Erfahrungen gehabt, können die eventuell Schaden nehmen?" fragten einige nachdenkliche Schafe.
McGregor, als der hauptsächlich Betroffene, antwortete sogleich: „Das könnte man wohl überlegen. Aber das überlasse ich euch, den Sorgeberechtigten der jeweiligen Lämmer. Die Geschichte ist nicht ganz sorgenfrei, man kann aber auch etwas daraus lernen, und man ist vielleicht nicht mehr so gutgläubig und kann böse Überraschungen vermeiden."

„Yeah, yeah" riefen die Lämmer - wie im englischen Parlament.

„Lernen ist immer wichtig, lasst uns doch bitte auch die Geschichte von McGregor hören!"
Nach einem prüfenden Blick in die Runde gab der Vorsitzende des Ältestenrates der Herde den Weg frei und nickte McGregor und auch den Lämmern wohlwollend zu.

„In Ordnung, ich wollte dies nur vorher gesagt haben, damit mir hinterher keine Beschwerden kommen", sagte McGregor.
McGregor grinste jetzt von einem Ohr zum anderen. Nur eventuell ein Breitmaulfrosch hätte dies so mit ihm aufnehmen können.
McGregor ist ja der etwas fröhlich und verschmitzt wirkende, wenn man ihn mit Bunglass vergleicht.

Das breite Grinsen ist sozusagen ein Naturell von ihm. Bunglass ist da wohl eher der stille und nachdenkliche Typ. McGregor sieht eben fast immer so aus, als hätte er es faustdick hinter den Ohren – und das wird wohl auch so der Fall sein.

„Dann werde ich mal beginnen, hört zu.

Bunglass hat mir beim ersten Treffen erzählt, dass er auf seinem Weg nach Deutschland also zunächst von Glencolumbkille aus losgetrabt ist. Nach Donegal kam er sodann nach Galway zu Anna und Michael, die mit Nachnamen wie ein berühmter Sänger heißen.

Sein Weg führte ihn noch nach Dingle zu Mrs. Vivian O. Shea, denn er musste auch immer sehen, dass er mit einer geeigneten Fahrgelegenheit vorwärts kam. Für seine kleinen Füße ist nun auch das kleine Irland zu groß. Dann ging es nach Ballycastle weiter. Nachdem Bunglass noch einige wichtige Besichtigungen gemacht hat, wenn man schon mal in der Gegend ist, zum Beispiel den „Giant Causeway" und die „Rope Bridge Hängebrücke", übernachtete er im Glenmore House bei Valerie und John. Am nächsten Tag nahm Bunglass dann die Schnellfähre, die Nordirland mit Schottland verbindet. Auf seinem Weg nach Dumfries trafen wir uns dann, wie ihr ja bereits wisst."

McGregor bat um einen großen Schluck, denn Reden macht sehr durstig.

Die meisten der anwesenden Schafe ließen sich sofort inspirieren, auch einen sehr großen Schluck zu nehmen. Schließlich war es schon später Nachmittag, den Fünf-Uhr-Tee hatte man ja hier in Irland nicht so im Auge, aber das Wort „Durst" hat hier eine sehr große Bedeutung, und sofort bekam die ganze Sache eine Lebhaftigkeit, wie es sonst wohl nur beim Massenstart des New York – Marathons der Fall ist. Nachdem der erste Durst gestillt war, fuhr McGregor mit seiner Geschichte fort. Und sein Gesicht nahm nun doch einen sehr ernsten Ausdruck an.

„Meine Familie, viele Freunde, Verwandte und ich lebten sehr friedlich auf einer Farm in Schottland. Das Schicksal von uns allen veränderte sich schlagartig, als eines Tages der Besitzer der Farm starb und ein neuer Farmer sich nicht finden lassen wollte.
Da kam nämlich, ich weiß noch, dass es gegen 17.oo Uhr an einem Donnerstag war, wo der Regen gar nicht mehr aufhören wollte, ein roter Lastwagen auf den Hof gefahren.

Die Aufschrift ließ uns alle nichts Gutes erahnen. In großen Buchstaben wurde dort verkündet, dass es sich um ein Fahrzeug der „NSA" handelt: „National Sheep Attack" = „Nationale Schaf Attacke". Deshalb hatten wird euch vorhin ja auch gebeten, bitte die Handys auszuschalten, da diese Gesellschaft überall ihre Augen und Ohren hat. Es handelte sich hier also um ein Fahrzeug der britischen Metzgervereinigung, Abteilung Schaf-Angelegenheiten.

Und die Blicke, die uns von den Leuten, die jetzt ausstiegen, trafen – die verhießen auch keine Freude. Zahlreiche Freunde gerieten nun in Gefangenschaft. Meine Familie und ich hatten großes Glück. Wir konnten fliehen und trabten weit in die Highlands hinein, wo uns kein Fahrzeug mehr folgen konnte. Ihr könnt euch sicher vorstellen, dass dies die Metzger ziemlich böse machte. Ich wurde als Anführer der aufrührerischen Schafe angesehen.

Im ganzen Lande wurde mein Bild mit einem Fahndungsaufruf versehen und eine ziemliche Belohnung auf mich ausgesetzt. Die freiheitsliebenden Schafe aber und auch viele tierfreundliche Menschen, die nannten mich von nun an „ den William Wallace der Schafe", da Wallace auch ein großer Kämpfer für die Freiheit war."

Einige der gespannt zuhörenden Schafe hatten eine richtige Gänsehaut bekommen, einige hatten schon Schnappatmung, andere riefen nach den Sanitätern mit der Erste-Hilfe-Flasche.

„Ach du meine Güte!" riefen sie: „Wie hast du es dann geschafft, aus Schottland heraus zu kommen? Bitte erzähle es uns!"

McGregor schüttelte sich nur kurz, wahrscheinlich kam alles bei ihm wieder ein bisschen hoch. Dann schaute er Bunglass in die Augen und rief den anderen Schafen jetzt voller Freude zu:
„Schaut auf Bunglass, er hat mich dazu bewogen, ihn nach Deutschland zu begleiten. Es war nicht ganz ungefährlich, aber Bunglass hatte einen so guten Plan.

Ich trabte also mit ihm zusammen auf seinem Weg nach Deutschland bis nach Dumfries. Das ist ja immer noch Schottland, aber Bunglass hatte dort Freunde, die viel Verständnis für mein Schicksal hatten.

Wir blieben zwei Nächte und berieten alle Möglichkeiten unserer Flucht, und am letzten Morgen servierten uns Robertson in seinem Kilt und Anna noch einmal ein komplettes schottisches Frühstück."

Bunglass sprang kurz für seinen Freund McGregor ein und rief den Schafen zu: „Eine Henkersmahlzeit war das, würde man wohl so sagen. Aber es war ja kein Ende, sondern es war ein Beginn. Es war der Beginn einer wunderbaren Freundschaft mit McGregor!"

„Ja", sagte McGregor: „Da wir alle sehr treue und redliche Schafe sind, wird dies für alle Zeiten auch so bleiben, Freunde fürs Leben, Gefährten in allen Gefahren, die noch vor uns liegen mögen. Und um meine Geschichte vorläufig noch zum Ende zu bringen - noch folgendes:

Wir trabten unauffällig inmitten einer großen Schafherde, die auf dem Weg in die EU war. So gelangten Bunglass und ich unerkannt von Newcastle aus mit einer Fähre nach Amsterdam. Durch die Niederlande kamen wir recht zügig nach Deutschland, da ein sehr freundlicher Fernfahrer, der zu Hause selbst einige Schafe hat, uns bis ins Münsterland brachte.
Dort trabten wir dann den Rest bis zu Helga und Wuulfgeng, die unsere Gasteltern wurden und begrüßten dort Kater Moritz.

Den Blick des Katers werde ich nie vergessen. Er blickte etwas entgeistert auf Bunglass und mich, dann zu seinen Menschen und wieder zurück zu uns.

Als seine Menschen ihm erklärten, dass wir jetzt einige Zeit dort bleiben, fasste er sich sehr schnell und im Weggehen zu seinem Lieblingssessel hörten wir ihn noch schnurren: -- „Na gut, die Schafe fressen ja nicht mein Katzenfutter – was soll schon groß passieren!" - - Süß, nicht!"

Die Schafe von Glencolumbkille waren sprachlos. Einige von ihnen fragten in ihren Hinterköpfen nach, ob es denn auch eine Vereinigung der irischen Metzger geben würde. Die Schafe waren hin und her gerissen, so eine Geschichte hört man ja schließlich auch nicht jeden Tag. Nach und nach kehrte wieder Ruhe in die erhöhten Pulsfrequenzen ein. Einige Schafe fingen friedlich an zu Grasen; das war für sie immer das Beste, weil es sie am meisten entspannte, mal ganz abgesehen vom ewigen Hunger. Zum Schluss war die Geschichte von McGregor ja so halbwegs gut ausgegangen. Schließlich stand er vor ihnen und auch seine Familie lebt immer noch in den Highlands, wie McGregor auf Nachfrage bestätigte.

Unwiderruflich war jetzt die Zeit zum Abschied gekommen. Wegen der großen Anzahl der hier in Glencolumbkille versammelten Schafe dauerte dies jedoch viele Stunden. Immer wieder blökten Rufe über die Weide: „Bunglass und McGregor, wir hoffen, dass ihr uns nie vergesst und uns immer wieder besucht!"

„Da besteht keine Gefahr." McGregor und Bunglass antworteten wieder wie aus einem Munde. „Wie könnten wir euch vergessen. Wir sind mehr als glücklich, solche Freunde wie euch zu haben. Natürlich werden wir euch regelmäßig anrufen und euch auf dem Laufenden halten, was so gerade bei uns passiert!"

„Das werden auch wir ganz bestimmt; alles wird gut, bis wir uns wiedersehen", riefen nun als Antwort alle Schafe, ebenfalls fast wie aus einem Munde. Erstaunt blickten sich alle Schafe an, höchst erfreut, was ihnen da so gemeinschaftlich gut gelungen war.

Spontan rief jemand aus der Gruppe der Lämmer: „Einen Kanon, lasst uns einen Kanon über diese letzten Abschiedsworte singen!" Das ließen sich die Schafe nicht zweimal sagen. „Das werden auch wir ganz bestimmt..." tönte das Spontankonzert über die Weide, über die Weide hinaus, wurde lauter und lauter, übertönte das Rauschen der Wellen am nahe gelegenen Strand.
  Ja weit über Glencolumbkille hinaus soll es zu hören gewesen sein, zum Schluss sogar fünfstimmig. Und bis heute hat keiner der dort lebenden Menschen erfahren, was dort an diesen Tagen und Nächten tatsächlich geschehen ist. Die schoben es darauf, dass es ein paar Gläschen Whiskey (...in Irland mit ey) zuviel waren.

Einmal in Stimmung, wurden es doch noch ein paar Lieder mehr. Der Tenor der Schafe - erkennbar am Seidenschal um den Hals - der sich bis jetzt zurück gehalten hatte, um seine Stimme zu schonen, setzte nun zum Endspurt an. Er trabte in den Steinkreis und begann, eingerahmt von Bunglass und McGregor, mit dem berühmten Lied „ Time to say goodbye".

Für die Schafweide begann darauf hin eine besondere Art der Bewässerung. Regen, Morgentau, die Gischtfahnen des Atlantiks, das alles war sie gewohnt, auch dass die Schafe ihre Hinterlassenschaften nicht extra nach Galway brachten. Dass jetzt aber aus fast allen Schafaugen dicke Tränen der Rührung auf das Gras tropften, das hatte die Weide noch nicht erlebt. Ein Blick zum Himmel sagte ihr doch „…es regnet nicht" und mit Blick aufs Meer „Sturmflut ist auch nicht" - „warum bin ich dann so feucht?"

Bunglass trabte noch ein letztes Mal zu einem sehr hübschen Schaf-Mädel hinüber, das sich etwas abseits hielt. Molly Wolli hatte ein besonders flauschiges Fell. Dort wo ihr Herz sitzt, da war ihre Temperatur mehr als auf dem Höhenflug.

Molly Wolli stand etwas abseits, weil sie besonders viele Tränen auf die Reise in die Weidegründe geschickt hatte. Dies hatte auch seinen Grund. Bunglass hatte vor allem mit ihr oft getanzt, die beiden waren sich sichtlich näher gekommen. Doch es stand für Bunglass und McGregor fest, dass sie beide zunächst noch einmal in die Welt hinaus mussten, um Abenteuer zu erleben. Alles andere wollten sie sich für „später" aufheben.
Wenige Augenblicke später holte ein heimlicher Fan der Schafe Bunglass und McGregor mit seinem Auto ab.

Bunglass und McGregor durften auf der breiten Rückbank Platz nehmen. Schließlich waren sie ja stubenrein, neben den Eigenschaften, auf zwei Beinen gehen zu können und Fremdsprachen zu verstehen. Jetzt waren sie auf dem Wege nach Galway, um von dort aus den Flieger nach Dublin zu nehmen, der sie dann nach Deutschland zu ihren Gasteltern Helga, Wuulfgeng und Kater Moritz bringen würde.

Die Schafe von Glencolumbkille blieben winkend und laut blökend zurück und wurden im Rückspiegel immer kleiner. Bunglass ging der letzte Blick von Molly Wolli nicht aus dem Sinn.

Er konnte in diesem Moment ja auch noch nicht ahnen, dass sein Leben untrennbar mit ihr verbunden war; davon werden wir noch hören!

Wieder in Deutschland angekommen, bemerkten Bunglass und McGregor, dass ihr Flieger wohl Rückenwind gehabt hatte. Auf jeden Fall waren sie sehr früh gelandet. Ausgemacht war eigentlich, dass die beiden sich bei ihren Gasteltern melden, sobald sie gelandet sind. Aber da die beiden Schafe ja immer über gute Ideen verfügen, beschlossen sie, sich nicht abholen zu lassen, sondern mit Bus und Bahn den Rest nach Hause zu fahren.

Bunglass und McGregor nutzten dafür ein Freifahrt-Ticket, das ihnen von ihrer Gemeinde zur Verfügung gestellt worden war. Die Fahrt mit dem Bus zum Bahnhof in Münster klappte auch hervorragend. Auf dem Bahnsteig warteten viele Menschen und nutzten die Zeit bis zur Abfahrt, um sich von ihren Freunden zu verabschieden. Als dann unsere Schafe um die Ecke trabten, da gab es einen Ruck der wartenden Menschen in ihre Richtung.
Die Reisenden wollten ihren Augen nicht trauen. Das gibt es doch gar nicht. Schafe auf zwei Beinen, die mit ihnen den Zug besteigen wollten, das konnte doch eigentlich gar nicht sein. Die Fenster des Zuges öffneten sich nach und nach, bis alle offen standen.

Man lehnte sich hinaus, um den besten Blick auf die Schafe zu bekommen, niemand mochte sich dies entgehen lassen. Es war ein riesiger Fototermin, da natürlich fast alle immer und überall ihre Handys dabei haben.

Wo hat man schon aufrecht gehende und Bus-fahrende Schafe gesehen!

Bunglass und McGregor stellten bei ihrer Ankunft am Bahnhof fest, dass sie gar nicht den Rest bis nach Hause mit dem Zug fahren können, da diese Strecke nur noch für den Güterverkehr offen ist. Aber auch heute war das Glück wieder auf ihrer Seite. Zufällig waren heute aus einem ihnen unbekannten Anlass mehrere Sonder-Fahrten mit einer alten Dampflokomotive geplant. Zwar war ihr Zug schon restlos ausgebucht, aber – wie man sich vorstellen kann - für diese Attraktion wurde für Bunglass und McGregor noch Platz geschaffen.
Der Zeiger der Bahnhofsuhr machte diesem Auflauf dann ein Ende. Unermüdlich zuckte der Zeiger weiter. Dann stand er auf der Abfahrtszeit. Ein letztes Klicken und der Schaffner gab das Signal zur Abfahrt, und der Zug fuhr los.

Für ihr Zugabenteuer hatten sich die beiden ein paar leckere Scheiben Brot in ihren Rucksack gesteckt und auch noch einen kleinen Beutel mit frischem Gras. Eine Getränkeflasche mit frischem klarem Wasser baumelte auch am Rucksack. Den trug natürlich McGregor, da er ja der größere der beiden Schafe war.

„Das ist ein sehr netter Zug von Dir McGregor", sagte Bunglass: „Du bist ja ein richtiger Kavalier!"

McGregor grinste und meinte nur ganz cool: „Ein tolles Wortspiel von Dir jetzt hier im Zug, Bunglass! Das wird sicher eine schöne Fahrt."

Bunglass und McGregor hatten ja so ihre Erfahrungen, wie Menschen reagieren, wenn vor ihnen Schafe aufrecht gehen, die auch noch die menschliche Sprache sprechen und verstehen. Deshalb gingen sie ganz nach vorne, um sich beim Lokführer vor zu stellen. Sie waren eben sehr höflich und wollten, dass alles seine Ordnung hat. Auch hatten sie technische Fragen zum Zug.

Das Abenteuer begann damit sofort, denn kaum hatte sich der Zugführer vom ersten Schrecken erholt, brachte doch die erste Frage der Schafe auch das erste Missverständnis.

Bunglass und McGregor hatten zuvor nämlich gehört, dass diese Bahn nicht nur normale Personen befördert, sondern auch Fahrräder und manchmal eben auch Tiere. Die Schafe hatten den Zugführer eigentlich nur höflich gefragt: „Wo ist denn der Schaf-Wagen?" Dieser antwortete verdutzt, dass es keinen Schlaf - Wagen gibt, da die Fahrt viel zu kurz ist.

Nun ja, im Leben gibt es hin und wieder Hörfehler, das ist auch ganz normal, doch Bunglass und McGregor konnten ein Ausflippen vor Lachen nur schwer vermeiden.

Ein Zugführer braucht seine Aufmerksamkeit eben ja auch für wichtigere Sachen, um seine Passagiere unverletzt an ihr Ziel zu bringen. Als unsere Schafe dann in die rückwärtigen Zugabteile gingen, hörte der Zugführer McGregor sagen: „Ich hole jetzt mein Brett und gehe Surfen!"

Kreidebleich stoppte der Zugführer die Bahn. Er hatte schon in Zeitungen und Nachrichten davon gehört, wie verrückte junge Leute „ a u f einem Zug gesurft" sind. Das wollte er auf seinem Zug jedenfalls nicht dulden. Schließlich war dabei schon so viel passiert, dass es sogar Todesfälle gegeben hatte.

Und jetzt waren es auch noch Schafe, die dieses ankündigten. Was da passieren kann und wer würde ihm dies schon glauben.

Der Zugführer sah bereits in seiner Fantasie, wie sich vor seinem Zug Wellen auftürmten. Seine Fahrgäste stürzten sich mit ihren Brettern vom Zug in die Wellenberge. Eine riesige Welle lief auf seinen Zug zu, umhüllte diesen und wollte ihn gar nicht mehr frei geben. Der Wellenkamm schlug über dem Zug zusammen und eine plötzliche Stille setzte ein. War da nicht sogar ein Piratenschiff hinter einer der Wellen aufgetaucht und wenn, wo war es geblieben?
Der Zugführer hörte ganz deutlich das Rauschen der Wellen. Seine Fantasie war mit ihm total durchgegangen.

Was er hörte, das war aber nichts anderes als sein eigenes Blut, das nun – verständlicher Weise – in höchst erregtem Zustand durch seine Venen schoss. Sein Blutdruck war auf dem Weg in die höchsten Gefilde eines gigantischen Bergmassives.

Bunglass klärte jedoch dieses Missverständnis sofort auf. Es ist in einem Zug während der Fahrt ja nicht so still, wie Schnee auf die Erde fällt. Da kann man sich schon mal verhören.

Bunglass erklärte, dass sich McGregor zwar seine Zeit etwas vertreiben wollte, jedoch nicht a u f dem Zugdach. Er wollte sich nur eine „App" holen, dann ein bisschen Surfen und meinte damit, dass er sich dafür etwas auf seinen Laptop herunter laden wollte. Damit war die Sache zwar im Augenblick geklärt, die Fahrt konnte jedoch nicht sofort weiter gehen.

Schließlich waren in das Bahnsystem Sicherheiten eingebaut. Durch den Not-Stopp stand jetzt nicht nur dieser Zug. Auf dem Nachbargleis stand ein bunt bemalter Zug, ebenfalls ein Sonderzug, der jetzt auch nicht mehr weiter fahren konnte. Der war durch die technische Alarm – Steuerung ebenfalls zum Halten gezwungen worden.

Zum Glück blockierten diese beiden Züge keine weiteren, denn es waren die letzten Fahrten für diesen Tag.

Der eine Zug stand eben jetzt allein auf der Strecke, der andere auf dem Ausweichgleis, da er den Zug unserer Schafe vorbei lassen wollte.

Man kann sich sehr lebhaft vorstellen, dass nun auch vom Nachbarzug aus viele neugierige Menschen aus den Fenstern schauten.

Schließlich sieht man nicht alle Tage, wie ein Zugführer mit Schafen zum Bahnhofs-Büro geht, um ein Protokoll über diesen Vorgang aufzunehmen. Selbstverständlich herrscht „in so einem Fall" auch in diesem Lande der Europäischen Wirtschaftsgemeinschaft die Bürokratie und verpflichtet zum Ausfüllen der Formulare in dreifacher Ausfertigung.

Nach etwa einer Stunde war jedoch auch dieses erledigt und man konnte an die Fortsetzung der Fahrt denken. Aber die Fahrgäste hatten inzwischen so viel Gefallen an diesem Ereignis gefunden, dass sie gar nicht weiter fahren wollten. Als Bunglass und McGregor aus dem Bahngebäude zurück zu ihrem Zug trabten, da öffneten sich alle Fenster beider Züge. Die Fotoapparate klickten wieder ununterbrochen, bis die Chips keine Speicherung mehr aufnahmen. Dieses Ereignis musste unbedingt festgehalten werden. Davon würden alle noch ihren Enkeln erzählen.

Einige Fahrgäste hatten bereits ihre Freunde angerufen, um von diesem Vorfall zu berichten.

Mit dem Zugführer auf dem Ausweichgleis war auch schon besprochen worden, dass man hier doch mal ein außergewöhnliches Event machen sollte. Das meinten dann auch Bunglass und McGregor.
Spontan entwickelte sich also in und zwischen den Zügen ein richtiges Fest. Informierte Freunde brachten Getränke herbei. Es wurde ein großer Grill aufgestellt und die ersten Lieder ertönten im Wettstreit der beiden gegenüber stehenden Bahnen. Die Touristen in beiden Zügen ließen Klänge aus ihren Heimatländern hören. So hörte man eine bunte Mischung Südtiroler-Heimat-Lieder, Lieder aus Deutschland, Frankreich, Appenzeller Jodler aus der Schweiz und sogar Balalaika-Klänge aus dem fernen Russland waren dabei.

Bunglass und McGregor sangen die Nationalhymnen ihrer Heimatländer Irland und Schottland. Ein Höhepunkt dieses Festes war der Auftritt einer Pipes and Drums Band, die rein zufällig im Nachbarort einen Auftritt hatte. Natürlich war diese Band komplett sofort am Ort des Geschehens erschienen, als bekannt wurde, dass dort irische und schottische Schafe ein Fest feierten.

Für den Zugführer des Schaf-Zuges war es die letzte Fahrt. Schon einige Monate zuvor hatte er einen Antrag auf seine vorzeitige Pensionierung gestellt, da er mehr Zeit im Kreise seiner Familie verbringen wollte. Jetzt ging alles sehr schnell.

Der Chef, der den Pensions-Antrag bearbeitete, wusste natürlich nichts von diesem wirklich passierten Vorgang auf den Gleisen.

Als er vom Zugführer hörte, dass „angeblich" Schafe auf dem Zug Surfen wollten und mit ihm auch geredet hatten, da wurde der Antrag schnell und zügig und wohlwollend bearbeitet. Schon zwei Tage später hatte der Zugführer seinen Bescheid in den Händen, dass er jetzt viel Freizeit hat, natürlich mit vollem Gehalt.

Mit seinen Enkelkindern verbringt er jetzt viel Zeit in seinem schönen Garten, wo er natürlich als alter Eisenbahner eine eigene Bahnstrecke mit Zügen aufgebaut hat. Dort spielen alle noch heute den Vorfall mit den Schafen auf der Bahnstrecke nach und immer endet es mit einem großen Fest.

Der Zugführer ist unseren Schafen sehr dankbar, dass sie seinen Antrag durch den Vorfall so beschleunigt haben. Bunglass und McGregor haben fest versprochen, ihn einmal im Ruhestand bei einem ihrer nächsten Urlaube zu besuchen.

Natürlich werden dann alle zusammen im Garten „ Schafe in der Bahn " spielen.

Bunglass und McGregor kamen nach der genussvollen Fahrt mit dem Sonderzug im Heimatort ihrer Gasteltern Helga und Wuulfgeng an. Der Abschied von den übrigen Reisenden wollte gar nicht mehr enden. Der Schaffner des Zuges musste erst ein Machtwort sprechen, hob dann seine Kelle und mit einem schrillen Pfiff von ihm und der ebenso schrillen Antwort im Doppel-Ton der Lokomotive dampfte der Zug davon, aus den Fenstern winkten Hunderte von Armen unseren Schafen zu.

Bunglass und McGregor hatten anscheinend heute doppeltes Glück mit „besonderen Umständen", erst der Zufall mit dem Sonderzug, und dann war heute bei ihrer Ankunft hier auch noch ein „besonderer Markttag" im Städtchen. Außer den üblichen Sachen wie Gemüse, Obst, Brot, Kuchen und Käse hat dieser Markt wirklich etwas Besonderes zu bieten. Und das hat es so wirklich noch nicht gegeben, was sich auf diesem besonderen Markt abspielte.

Wären sonst auch so viele Reise-Gruppen aus vielen Teilen unseres Landes extra dort hingefahren?

Und heute standen besonders viele Busse auf dem Parkplatz, der zum Markt gehörte. Man sah da Autokennzeichen von München, Ravensburg, Kirchlinteln, Wetter an der Ruhr, Oberschleißheim und viele mehr.

Dort parkte sogar ein Bus aus der Schweiz, der auf seiner Rundreise durch Deutschland hier kurz Halt gemacht hatte, daneben stand ein Bus aus dem Südtirol.

Aber was ist denn nun so besonders an „diesem" Markt?

Bunglass und McGregor fanden dies schnell heraus. Bei ihrem Rundgang kamen die beiden Schafe zu einem ganz besonderen Markt-Stand. Und dieser Stand war der, den alle Markt-Besucher sehen wollten.

Vorne auf dem Tisch waren einige Palletten mit Eiern in verschiedenen Größen aufgebaut. Das allein war aber nicht das Highlight dieses Standes. Hinter dem Stand standen keine Menschen, die ihre Waren verkaufen. Hinter dem Stand saßen auf einer Kiste und einer Leiter „Hühner"!

Man mag es ja kaum glauben, wenn man es nicht selbst gesehen hat. Aber dies war ein Eier-Verkaufstand mit ungewöhnlichen Anbietern. Auf dem Tisch waren die Preise angegeben und auf einem großen Schild stand: „ Bitte werfen Sie doch das passende Geld abgezählt in unser Sparschwein!"

Bunglass sprach die Hühner an: „Mädels, so etwas habe ich ja noch in keinem Land gesehen. Wo kommt Ihr denn her?"

Die Sprecherin der „Mädels" antwortete ihm auch sofort: „ Na Du hast ja gut reden! Bist selbst ein Schaf, gehst auf zwei Beinen über den Markt hier, als ob es ganz selbstverständlich wäre!"

McGregor kam Bunglass bei dieser forschen Ansage vom „Mädel" zu Hilfe und sagte: „ Ist ja gut, aber wir möchten wirklich wissen, wie Ihr dazu kommt, hier als Hühner hinter dem Ladentisch zu stehen und Eier zu verkaufen!"

Es gab ein kurzes Getuschel hinter dem Eier-Stand, dann erklärte sich ein Huhn zur Sprecherin der Gruppe und erklärte unseren beiden Schafen:

„ Wir alle sind Hühner von einem Gnadenhof. Wir wurden dort teilweise abgegeben. Einige von uns sind aber auch nach dort geflüchtet. Und dort gibt es nicht nur alte Hühner, sondern es leben auch geflüchtete junge Hennen dort. Wir haben dort also so ungefähr ein Frauenhaus für Hühner, sozusagen!"

„Aber einen Hahn haben wir auch!" rief laut ein ziemlich junges und vorwitziges Huhn, und Bunglass glaubte, ein Glänzen in ihren Augen zu bemerken.

Ein anderes Huhn schob jetzt den Kopf nach vorne und sagte:
„ Ich möchte auch mit den Schafen sprechen!"

Wohlwollend machte die Sprecherin Platz und das andere Huhn legte los: „Das mit dem Gnadenhof für Hühner wisst Ihr ja jetzt. Aber es gibt da noch zu sagen, dass wir dort bei einem sehr lieben Tierfreund leben dürfen. Wir alle haben Platz genug. Wir haben dort Sand zum Scharren, haben schönes Gras zum Fressen und zum Schlafen haben wir eine große Scheune, die selbst im Winter schön warm ist."

„Genug geredet, jetzt bin ich auch noch dran!" sagte ein weiteres Huhn, das genug Mut gefunden hatte, um sich nach vorne zu drängeln. Und weiter redete es auf Bunglass und McGregor ein: „ Wir leben dort wie im Urlaub. Kein Mensch fügt uns Schaden zu. Wir können wirklich machen, was immer wir wollen."

„Auch mit dem Hahn!" rief das vorwitzige „Mädel" von vorhin ganz aufgeregt dazwischen, missbilligend beäugt von den etwas reiferen „Damen".
„Und eines Tages", sagte jetzt wieder die Sprecherin der Hühner, „eines Tages kamen wir beim Anblick der vielen Eier von unseren noch legefähigen Hennen auf die Idee, auch etwas mit eben diesen gelegten Eiern zu machen."

„Ihr meint, Ihr kamt auf die Idee, Eure eigenen Eier zu verkaufen?" fragte McGregor.
Die Hühner-Sprecherin reagierte sehr energisch auf den stillen Vorwurf von McGregor und widersprach:

„Ja sollen wir denn unsere Eier, die nun mal natürlich gelegt werden, wegschmeißen?

Unser Tierfreund hat ja selbst genug und er versorgt auch noch Freunde mit den Eiern. Trotzdem bleiben immer noch genug übrig.
Da kamen wir eben eines Tages auf die Idee, unsere Eier auf dem Markt zu verkaufen."
„Ja eben", drängelte jetzt wieder ein anderes Huhn nach vorne „wir haben die beste Eier-Qualität zu bieten. Wir haben Auslauf, wir haben tolles Gras und wir machen alles freiwillig, etwas dagegen?"

Bunglass schaltete sich nun auch wieder ein, nachdem er eine ganze Weile ziemlich sprachlos war: „Ich finde das eine ganz tolle Geschichte. So einen Haufen wie Euch, den sollte es noch öfter auf der Welt geben!"
Die Hühner hatten wohl viel Mut getankt und so ein Gespräch mit ihnen kam ja auch nicht so oft vor. Deshalb riefen jetzt zwei von ihnen fast wie Zwillinge gleichzeitig: „Und vom Erlös unserer eigenen Eier kaufen wir uns nächsten Monat einen schönen großen Flach - Bildschirm. Dann können wir auch alle Fußball-Spiele sehen, falls wir nicht gerade auf einem Markt sind."

„Und nicht den Frauen – Fußball vergessen, das ist auch ganz wichtig für uns!" rief aus dem Hintergrund die Emanzipations-Gruppe höchst erregt, dass sich ihre Stimmen regelrecht überschlugen.

Bunglass und McGregor schüttelten die Köpfe. Sie erfuhren noch einiges von den Hühnern; zum Beispiel, dass es kein Gesetz dagegen gibt - zumindest bis jetzt nicht - dass Hühner ihr Eigentum freiwillig auf einem Markt verkaufen.

Eines der Hühner merkte noch an: „Außerdem tragen wir dadurch auch etwas zu den Kosten bei, die doch ab und zu bei Reparaturen an unserer Scheune anfallen. Wir Hühner hatten auch lange überlegt, ob wir dies tatsächlich auch alles wollen. Schließlich ist es immer eine Grat-Wanderung, sich von seinem Eigentum zu trennen."

„Genau", sagte ein weiteres Huhn: „Da schließlich alles freiwillig abläuft, können wir gut damit leben. Und nicht zu vergessen, es wird auch noch fleißig Geld gesammelt, damit noch weitere Hühner frei-gekauft werden und auf dem Gnadenhof leben können."

Zu oft hatten sie alle im Fernsehen schon mit angesehen, wie es „anderen" Hühnern schlimm erging. Da hatten sie schon ein richtiges Paradies bei ihrem Tierfreund. Sie hatten eine Chance, viele Millionen andere Hühner nicht. Und mit einer dicken Träne, die sich ihren salzigen Weg suchte, schloss die Sprecherin der Hühner dieses Thema mit folgenden Worten ab: „Was würden diese Hühner dafür geben, wenn auch ihnen es etwas besser ergehen würde.

Allein die Reibereien mit den Nachbarn in der Enge des Stalles, es ist so schlimm!
Wenn es ihnen wenigstens etwas besser ginge. Wahrscheinlich würden sie sich dann noch mehr anstrengen und sogar freiwillig für die Menschen arbeiten, wenn es nur alles ein wenig humaner wäre. Aber das Wort human ist für viele Tiere wohl auch nicht vorgesehen, wie s c h a d e."

Bunglass und McGregor unterhielten sich noch eine ganze Weile mit den Hühnern am Stand. Sie waren doch sehr nachdenklich geworden. So still kennt man sie eigentlich gar nicht.

Natürlich würden sie den Gnadenhof bei der nächsten Gelegenheit besuchen.

Vielleicht sehen sie sich dann sogar mit den Hühnern zusammen mal ein schönes Fußball-Spiel an. Und es wäre ihnen egal, ob es eine Männer- oder Frauen- Mannschaft ist, die dort spielt; die Hauptsache ist doch, es ist ein interessantes Spiel und die Stimmung ist prächtig!

Bunglass und McGregor besuchten jede Schaf-Herde, die im Umkreis von einigen Kilometern an ihrem Ort vorbei zog oder in der Nähe graste. Einmal fragten sie die grasenden Schafe nach herzlicher Begrüßung: „ Sagt uns doch einmal, warum hat denn jede Herde in Deutschland mindestens einen Hund dabei, dem ihr alle so brav folgt, was er auch immer von euch will?"

Bunglass und McGregor kamen nämlich darauf, da sie es von ihrer Herde in Glencolumbkille in Irland und Schottland gar nicht gewohnt waren. Dort in ihrer Heimat grasten die Schafe ohne Aufsicht. Ab und zu kam natürlich der Schäfer, der auch gleichzeitig meistens der Besitzer ist, vorbei und sah nach, ob alles seine Richtigkeit hatte. Das war dann auch meistens der Fall. Die Schafe dachten gar nicht daran, irgendwo anders hin zu gehen. Ihre Weiden waren berühmt wegen des leckeren Grases, wie Irland allgemein berühmt wegen seines Klimas ist, das Gras das ganze Jahr lang wachsen lässt.
Also, einen Hund als Aufpasser brauchten die Schafe aus Glencolumbkille nicht. Sie fühlten sich einfach wohl und blieben in der Nähe, natürlich passten sie aber auch etwas untereinander auf und Streit gab es fast nie.

Bunglass und McGregor fragten sich also, warum das nicht in Deutschland auch so geht.

Nach langer Diskussion mit dem Anführer der gerade besuchten Schafe, dem dazugehörigen Hüte-Hund und natürlich dem Schäfer, da war das Bild doch bei Bunglass und McGregor klarer geworden. Es gab doch einige Gründe dafür, warum dies alles so ist.
Der Schäfer meldete sich zu Wort: „In Deutschland sind die Schaf-Herden ja nicht so stationär, wie dies meist in Irland ist. Hier in Deutschland werden erheblich lange Strecken auf der Wanderung und Suche nach frischem Gras zurück gelegt. Dabei müssen auch viele gefährliche Straßen überquert werden. Da brauche ich einfach die Hilfe des Hüte-Hundes, die Schafe sind das auch nicht anders gewohnt. Die Schafe hier sind eben Kommandos gewohnt, was ihnen auch etwas eigene Verantwortung abnimmt und ihr Leben etwas sorgloser macht."

Bunglass und McGregor stellten trotzdem noch weitere Überlegungen an. Sie überraschten die Herde mit der Frage: „Sagt mal, könntet ihr euch vorstellen, dass ihr ein Schaf aus euren Reihen auswählt, das dann diese Aufgabe übernimmt?"

Die Schafe tuschelten miteinander, weil dies eine so ungeheuerlich neue Neuigkeit war. Das sollte so gehen? Trotzdem sagten sie dann doch: „Vorstellen können wir uns das wohl, nachdem die erste Überraschung vorbei ist. Aber wie solle das denn gehen? Unser Hüte-Hund hat doch eine extra Ausbildung!"

Bunglass und McGregor machten den Schafen ihre Idee weiter schmackhaft. Und die ganze Geschichte nahm Formen an. McGregor erklärte den verdutzten Schafen: „Es hat schon Vorteile, wenn Schafe aus den eigenen Reihen die Aufsicht führen und die Aufgaben des Hüte-Hundes übernehmen. Da herrscht doch ein gewisses Vertrauen in der Herde, da sich alle kennen. Auch das Verständnis ist doch größer. Wie soll sich ein „Hund" auch mit den Gedanken und Sorgen der Schafe zu Recht finden? Und warum ist eigentlich bis jetzt noch niemand darauf gekommen?"

Dem Hüte-Hund, der auch an der Besprechung teilgenommen hatte, wurde versichert, dass er weiterhin gebraucht würde. Da es in Deutschland ja mit an Sicherheit grenzender Wahrscheinlichkeit Gesetze gibt, die dieses Vorhaben Schafen nicht erlauben würden, sollte der Hüte-Hund „der Form halber" nach außen hin auch weiter die Aufsicht haben und die Schafe führen.

Die Sache war beschlossen, gesucht wurde jetzt ein „Ausbilder". Bunglass und McGregor übernahmen dies natürlich, ohne sich lange bitten zu lassen. Da auch der Schäfer der Idee schmunzelnd zustimmte, der Hüte-Hund auch zufrieden war, konnte die Sache beginnen.

Alle zusammen stellten ein entsprechendes „Programm" für die Ausbildung auf. Der Hüte-Hund brachte seine Erfahrungen mit ein, der Schäfer ergänzte seine Vorstellungen.

Es wurde auch ein „Motto" gefunden, das alle nun während der Ausbildung begleiten sollte.

„ Um ein tadelloses Mitglied einer Schafherde
sein zu können, muss man vor allem
ein Schaf sein."

Dieses Motto entspricht dem „Zitat des berühmten Albert Einstein".

Die Ausbildung machte a l l e n sehr großen Spaß. Selbst der Hüte-Hund hatte eine supergute Laune und war eigentlich sehr froh darüber, dass er nun bei manchen seiner früheren Kommandos nicht mehr so böse gucken musste, damit alles klappt. Und die Schafe unterstützten ihn natürlich, dass es wenigstens so aussah, dass sie das alles nur wegen ihm machten.

Es wurde also geübt und geübt. Es klappte fast alles. W e n n da nicht das Kommando „Schaf-Herde kehrt!" wäre.
Die Kommandos „Links herum" und „Rechts herum" waren kein Problem, aber dieses „Schafe kehrt ", das brachte doch manchen Schaf-Huf zum Qualmen. Da gab es doch noch ziemlich viele ungewollte Rempler und die Schafe verbrachten eine große Zeit damit, sich dafür bei ihren Vorder- oder Hinter- oder Neben-Schafen zu entschuldigen.

Bunglass und McGregor hatten aber auch hierfür eine Idee, wie man diese Schwierigkeit umtraben kann. Sie erinnerten sich an die Abschieds-Vorstellung der Schafe in Glencolumbkille, an das von den Schafen dort vorgeführte „Tattoo". Auch dort waren diese Schwierigkeiten mit dem Kommando „Schafe kehrt" aufgetreten.

So wurde also auch hier einfach zweimal „ links herum" oder „rechts herum" befohlen. Damit war die Gegenrichtung erreicht.

... die Schafe sammeln sich zur ersten Übungsstunde.

Teilweise marschierten die Schafe in Vierer-Reihen auf den Straßen zum nächsten Grasungs-Ort, immer ein fröhliches „Määähhh" auf den Lippen.
Wer dieses mit bekam, der blieb stehen, wo er gerade stand oder auch fuhr, wenn es ein Vorwärts-Kommen überhaupt gab. Der Hüte-Hund sprang weiterhin kläffend um die Schaf-Herde herum und tat so, als sei er der Boss. Ab und zu musste aber auch er sich setzen und herzhaft lachen, was hoffentlich niemand mit bekam.
Da inzwischen die Routen der Herde sogar im örtlichen Radio und auch im Internet bekannt gegeben wurden, musste manchmal die Straße nicht wegen der Schafe, sondern wegen dem „Andrang der Menschen" gesperrt werden.

Bunglass und McGregor haben inzwischen schon viele Schafe in Absprache mit deren Herde und natürlich mit den Hüte-Hunden und Schäfern zu „Hirten-Schafe" ausgebildet. Und so ist es einfach so, dass die Schafe inzwischen selbst ihre Angelegenheiten regeln, auch wenn das nicht öffentlich so aussieht.

Und wer dies alles nicht gehört oder gelesen hat, der kann das ja auch gar nicht wissen. Einige Schaf-Herden wurden so berühmt, dass sie unter strengsten Schutz gestellt wurden.

Jedes Schaf, jedes neu geborene Lamm durfte bei seiner Herde bleiben.

Und wenn ein Schaf mal nicht mehr so laufen und der Herde folgen kann, dann darf es zu einer jungen Tierschützerin, die ihren schönen Garten mit den Apfelbäumen in Norddeutschland dafür zur Verfügung stellt.

Und deren Nachbarn haben sich inzwischen auch an das viele „Määähhhh!!" gewöhnt!

- in Glencolumbkille/Irland, Mitte April -

Die Wellen schlugen immer noch an den Strand. Der Atlantische Ozean ist eben nie zu müde, unaufhörlich sich in Erinnerung zu bringen. Heute lag aber wieder etwas Besonderes in der Luft! Ein paar Meter landeinwärts vom Strand, da wo die Weidegründe der Schafe von Glencolumbkille sind, fließt seit unendlichen Zeiten auch ein Zulauf als Bächlein mit salzfreiem Wasser in Richtung Atlantik. Das ist die geliebte Tränke der Schafe. Eine Hütte zum Schutz vor allzu schlechtem Wetter steht auch da und sieht so aus, als ob die schon zweihundert Jahre lang dem rauen Klima am Atlantik im Nordwesten von Irland trotzt. Und genau dort, zwischen Schafweide, Tränke und Hütte, da war jetzt diese Versammlung der Schaf - Frauen von Glencolumbkille. Etliche Damen aus der Herde hatten ein Rudel gebildet und waren hektischer als sonst.

Es herrschte eben eine große Aufregung. Aber - wie gesagt - heute war auch ein besonderes Ereignis im Anmarsch. Und inmitten dieses Schaf-Damen-Rudels befand sich die Hauptperson. Das war unumstritten Molly-Wolli, die eine tragende Rolle spielte.
Es ging hier nicht um Tragetaschen, die von einkaufenden Schafen oft am Wochenende aus der Einkaufszone von Donegal nach Hause getragen wurden; nein, Molly-Wolli war selbst tragend.

Und heute war der Tag, an dem sie die Herde von Glencolumbkille vergrößern würde. Heute würde sie ihre Rolle von der hübschen Schwangeren mit der einer hübschen und zugleich stolzen Mutter tauschen.
Natürlich war dies nicht die erste Geburt in der Herde, aber trotzdem immer wieder - eben ein Ereignis. Selbst in Filmen mit John Wayne wird in solchen Situationen immer nach „heißem Wasser" und „sauberen Tüchern" gerufen. Die Schafe von Glencolumbkille bekommen das aber auch so hin; da brauchen sie kein Drehbuch und keine Anweisung von außen. Und so war es auch diesmal wieder der Fall. Mit vielem „Ah!" und „Oh!" wurde das neue Schaf der Herde begrüßt. Es war ein prächtiges Lamm, schon jetzt ziemlich eines der größten Exemplare, die ein Schaf aus Glencolumbkille je hervorgebracht hat. „Und es hat so wunderbar strahlende Augen!" rief eines der umstehenden Schafe. „Ja", ergänzte ein anderes Schaf: „Jetzt wollen wir aber unbedingt auch von dir wissen, liebe Molly Wolli, w e r ist denn der Vater?"

- zur gleichen Zeit in Deutschland –

Bunglass und McGregor haben heute wieder einmal Besuch. Die beiden sitzen in ihren geliebten Ledersesseln. Auf dem Tisch steht eine Flasche aus Schottland, ein guter Laphroaig, ein schottischer Single-Malt, der auch gleichzeitig einer der Favoriten ihrer Gasteltern Helga und Wuulfgeng ist. Die Besucher sind gute Freunde und sind nicht das erste Mal da. Heute wollen sie aber noch mehr über die Schafe erfahren. Von Bunglass wissen sie schon sehr viel, da aus den vorausgegangenen Irland-Besuchen schon so mancher Schwank ausgiebig – meistens bei ein paar Runden Guinness - erzählt wurde. Von McGregor, da wissen sie nicht sehr viel und sind doch sehr neugierig.

„McGregor, eigentlich wissen auch wir noch nicht genug, wie es dir vor dem Kennenlernen ergangen ist", sagte Wuulfgeng. „Ja genau", ergänzte Helga und strahlte McGregor an. „Wir kennen eigentlich nur die Geschichte, wie die Metzger damals auf eure Farm kamen und viele aus der Herde in die Highlands flüchten konnten. Auch die Flucht von Dumfries nach Deutschland kennen wir, aber wie bist du aus den Highlands eigentlich bis nach Dumfries gekommen?"

Jetzt meldete sich Bunglass, sah McGregor vorher jedoch noch lange an: „Ich finde es von euch allen wirklich nett, dass ihr McGregor mit seinem schweren Schicksal nicht von Anfang an gelöchert habt, was denn „alles" geschehen ist.

Es ist jetzt aber so lange her, dass ich glaube, wir können jetzt darüber reden. Was meinst du, McGregor?"

McGregor trank seinen letzten Schluck aus dem vor ihm stehenden Glas, sah alle einzeln an, lehnte seinen Kopf an die Sessellehne, legte seine Hufe aneinander und begann zu erzählen:

„Ich sehe das genau so, wie es mein Freund Bunglass gerade gesagt hat. Alles ist wirklich lange her, meiner Familie in den Highlands geht es immer noch gut, also kann ich euch jetzt in Ruhe mehr davon erzählen, was alles geschehen ist."

Der „Besuch" dagegen nahm vor Anspannung auf dem Sofa fast senkrechte Haltung an. Der Atem wurde hörbar, der Puls stieg und die Erwartung auch. Alles schaute McGregor in die Augen, wenn es doch endlich weiter ging!

„Lasst mich noch schnell auf die Toilette gehen. Sonst halte ich es nicht lange aus, und verpassen möchte ich auf keinen Fall etwas!"
Das war noch schnell Helgas Kommentar, aber sie war auch sehr schnell wieder zurück, um den Worten zu lauschen, die jetzt kommen würden und die auch für sie noch neu waren.
Bunglass und McGregor hatten dies als willkommenen Anlass genutzt, um auch noch schnell die Weide hinter dem Haus aufzusuchen.

Nach einem letzten rund schweifendem Blick auf alle Anwesenden, auch der Hauskater Moritz war darunter – der im Übrigen das Angebot der Weide gleich Katzenklo ausgeschlagen hatte – setzte McGregor jetzt seine Geschichte fort.

„Nachdem wir eiligst die Farm in Schottland verlassen hatten, trabten wir in Richtung Highlands. Wir kamen gut voran; wir Schafe haben ja im Gelände einen enormen Vorsprung vor normalen Menschen. Schon nach kurzer Zeit konnten wir keinen Verfolger mehr ausfindig machen. Aber wir wurden nicht leichtsinnig. Weiter und weiter zogen wir in die Berge. Wir blieben erst stehen, als wir uns in Sicherheit fühlten. Einige Zeit blieben wir alle zusammen, dann teilten wir uns auf, denn die Weidegründe reichten nicht für so eine große Anzahl an Schafen. Und schließlich stand auch der Winter vor der Tür. Na ja, besser der Winter, als die Metzger."

„Gut, dass ihr Schafe so schöne warme Felle habt. So hattet ihr wenigstens eine gute Chance, so den Winter in den Bergen zu überstehen", sagte der Besuch.

„Ja", erklärte McGregor: „Das war für uns eigentlich ein recht guter Schutz. Im Winter kommen nicht so viele Menschen freiwillig in die oberen Highlands, nicht einmal zum Skifahren.

Noch bevor der Winter vorbei war, habe ich dies ausgenutzt, um meinen Weg zu machen. Ich erinnerte mich an die Geschichten aus dem frühen Schottland, als Prince Charles Edward Stuart als Anführer der Jacobite Army – auch als Bonnie Prince Charlie bekannt - nach einer demütigenden Niederlage, der Schlacht von Culloden am 16. April 1746 - ebenfalls fliehen musste. Er hatte es erheblich schwerer als Mensch, im Schnee über einige Berge steigen zu müssen. Sicher hat er sich damals gewünscht, dass er ein Schaf wäre!"

„Immer einen guten Spruch auf den Lippen! So kenne ich meinen Kumpel McGregor!" rief Bunglass. „Komm alter Junge, lass uns mehr von deiner Flucht hören!"

„Schon gut, es geht ja schon weiter. Aber ich muss immer mal wieder tief durchatmen, wenn ich an die Ereignisse von Culloden denke. Also, ich habe nicht denselben Weg genommen, wie Bonnie Prince Charlie. Aus dem Norden Schottlands heraus - den North Highlands - trabte ich meinen Weg von Altnaharra aus, das am Loch Naver liegt, in die Richtung zum Kyle of Lochalsh. Von dort aus wollte ich auf die berühmte Insel „Isle of Skye" und erst einmal wieder etwas Ruhe finden. Auf dieser Insel kreuzten sich dann doch wieder die Wege von mir und Bonnie Prince Charlie, denn der war damals nach seiner Flucht auch dort gewesen."

Jetzt war es Kater Moritz, der um eine kurze Unterbrechung bat. Er hatte seine Blase wohl doch etwas überschätzt, oder hatte etwa das viele Wasser um die Insel der „Isle of Skye" herum auch dazu beigetragen und zeigte jetzt ihre Wirkung?

Jedenfalls kehrte er nach wenigen Augenblicken erleichtert von der Weide zurück und schaute McGregor erwartungsvoll an.

Bunglass konnte ein Grinsen nicht vermeiden, kniff McGregor ein Auge zu und forderte ihn auf, mit seiner Geschichte fortzufahren. McGregor war ja bereits in Stimmung und es hätte ihn jetzt sowieso nichts mehr bremsen können.

„Also", begann McGregor erneut: „Nach kurzer Zeit auf der Insel hatte ich schon viele Freunde gewonnen, nicht nur Schafe, auch waren mir viele Menschen wohlgesinnt. Es waren bei den Menschen auch viele Fischer dabei. So kam es, dass ich in einem Fischerboot versteckt wieder rüber aufs schottische Festland kam; ich war nun im Fischerort „Mallaig", den übrigens auch heute noch viele Einheimische, vor allem aber auch Touristen besuchen. Ihr müsst wissen, von „Fort William" aus fährt die berühmte Dampfeisenbahn aus den „Potter - Filmen" nach „Mallaig". Darauf komme ich gleich noch zurück.

Zunächst aber hatte ich die Fischer gebeten, sich in Mallaig einmal umzusehen, ob dort für mich auch keine Gefahr droht. Das dies nicht übertrieben vorsichtig war, stellte sich dann sofort heraus.

Höchst aufgeregt kamen meine neuen Freunde zum Boot zurück. Ihnen hatte ich natürlich von den roten Autos der „National Sheep Attack" erzählt. Und sie berichteten mir: „McGregor, es scheint fast so, als ob der Ort voll von den roten Autos ist, von denen du uns erzählt hast. Wir haben heraus gefunden, dass die Verbindungsstraße von Mallaig nach Fort William regelrecht abgesperrt ist. Nicht einmal eine Maus würde da ungesehen durch kommen."

„Und jetzt kam sicher die Eisenbahn aus den Potter - Filmen zum Zuge", rief Bunglass begeistert dazwischen. „Mensch McGregor, die Eisenbahn kam zum Zuge! Welch ein schönes Wortspiel!"
„Da hast du gut mitgedacht, mein Freund", sagte McGregor. „Wenn man so lange dort in der Gegend lebt, wie die Fischer, da kennt man fast jeden; in Deutschland sagt man – glaube ich - man kennt Hinz und Kunz. Ich möchte aber noch sagen, warum man mir dort auf die Spur gekommen ist. Das war nämlich so. In Portree, das ist sozusagen der Insel-Hauptort der Isle of Skye, spielt oft eine dort sehr bekannte „Pipe and Drum Band" und sorgt dort für viel Stimmung, besonders unter den Touristen.

Auch ich bin ja ein begeisterter Fan der schottischen Musik. Leider kann ich so eine Bagpipe mit meinen Hufen nicht bedienen, da haben es die Menschen mit ihren vielen Fingern doch erheblich leichter. Natürlich war es für mich klar, wenn diese Band spielt, da bin ich dabei. Wie sich nachher leider heraus stellte, wurde auch viel gefilmt, was ja eigentlich auch noch normal ist. Was mir aber fast zum Verhängnis wurde - ein Fan hatte doch diese Aufnahmen „ins Netz" gestellt. Und ich war darauf im Hintergrund doch tatsächlich zu sehen, was ich aber zuerst nicht wusste.

Meine Anwesenheit im Film war auch der Grund für die versteckte Flucht in einem Boot. Die Fischer hatten mir bei einem Abend am Strand mit Lagerfeuer davon erzählt, woher sie mich kannten. Sie hatten mich also in dem besagten Fan-Video gesehen. Und dieses
Video hatten offenbar auch für mich die falschen Leute gesehen."

„Du meine Güte, McGregor!" fast gleichzeitig rief die versammelte Zuhörerschar. „Deine Erlebnisse wären es sicher wert, in einem abenteuerlichen Buch aufgeschrieben zu werden. Bitte erzähle uns, wie die Reise weiter ging."

„Lasst uns darauf anstoßen, dass alles gut ausgegangen ist, wie wir ja inzwischen wissen", sagte der Besuch.

Und es gab keine Gegenstimme, von Bunglass und McGregor natürlich auch nicht. Kater Moritz trank eine Schale Milch.

Eine leichte Röte erschien auf McGregors Wangen. Lag es an den Erinnerungen, dem Gläschen Single Malt, das er sich heimlich in der vorletzten Pause gegönnt hatte, an seiner Verwunderung, wie die Menschen gebannt an seinen Lippen hingen, um seine Geschichte zu hören? Es war wohl von jedem etwas; er konnte nicht leugnen, dass dieses Interesse an seinem Leben ihn sehr stolz machte.

„Dann will ich euch den Rest auch noch erzählen, wie meine Reise bis zum Treffen mit Bunglass verlief", fuhr McGregor fort. „Meine Helfer und deren Freunde hießen natürlich nicht „Hinz und Kunz", aber Namen sind doch Schall und Rauch. Freunde brauchen gar keine besonderen Namen, wenn sie nur in Gefahr für dich da sind. Ich will hier jetzt auch gar keine Namen nennen, damit sie nicht nachträglich noch Schwierigkeiten bekommen. Soviel sei gesagt, meine Fischer hatten einen Schwager in der Familie, der eben diesen besagten Potter-Zug fuhr. Für den war es natürlich sehr leicht, mich mit einigen größeren Gepäckstücken – es war in meinem Fall ein Schrankkoffer - in den Zug zu bringen."

„Da können die roten Autos auch bis heute noch warten und eine schwarze Farbe annehmen.

Denen bist du auf jeden Fall glücklich entwischt", sagte Helga unter eifrigem Kopfnicken aller Zuhörer.

McGregor fuhr mit seinem Bericht fort: „Von Fort William aus nahm ich den „West Highland Way", den ich noch von meinen Vorfahren in Erinnerung hatte. Den gibt es übrigens auch heute noch als Wanderweg. Ich habe einen Umweg gemacht und – um niemandem zu begegnen – den Weg über das „Rannoch Moor" genommen. Inzwischen war mir von Schafen, denen ich auf der langen Reise begegnete, mitgeteilt worden, dass ich im Bereich der Westküste bis in den Bereich des Ortes „Oban" verstärkt gesucht wurde, von wem – das könnt ihr euch ja alle denken. Also blieb ich auf meinen Schleichpfaden, bis ich in die Nähe von „Dumfries" gelangte. Den Rest wisst ihr ja bereits, da ich dort Bunglass kennen gelernt habe."

Bei den Zuhörern wechselte nur langsam die Gesichtsfarbe wieder von höchst erregtem Rot in eine normale Farbe. Die Röte im Gesicht war immer noch wegen McGregors` Bergüberquerung in den Highlands im eisigen Winter vorhanden und wollte einfach nicht weichen.

Nun ja, Bunglass und McGregor als kälteerprobte Schafe machte dies noch am wenigsten aus.

Eine gewisse kleine Gänsehaut hatten sie bei McGregors Erzählungen aber doch bekommen, McGregor wegen der teilweise schlimmen Erinnerungen, Bunglass als mitfühlender Freund.

„Der Besuch" verabschiedete sich nun und rief McGregor beim Abschied vor der Tür noch zu: „Danke McGregor, deine Geschichten waren nicht nur sehr spannend, wir haben ja auch noch eine richtige Geschichtsstunde über Schottland bekommen.
Und wir haben auch noch viel von der Geographie Schottlands erfahren. Wir werden einen unserer nächsten Urlaube so planen, dass wir „auf den McGregor-Spuren" wandeln werden. Darauf freuen wir uns schon sehr, und wir werden auf jedem Meter unseres Weges an dich denken!"

„Eines muss ich noch wissen, McGregor", läutete Wuulfgeng seine Frage ein: „Hatte der Lokomotivführer denn gar keine Angst vor Repressalien der Metzger? Vielleicht hätte er aus Rache ja im Leben kein Fleisch mehr von der gesamten Innung bekommen."

„Das war gar kein Thema", antwortete McGregor sofort. „Dem Lokomotivführer konnte man damit keine Angst bereiten. Er ist nämlich Vegetarier!"

„Guter Mann!" rief Bunglass. Ein Grinsen ging von einem auf den anderen über. Keiner konnte sich zurück halten, nicht herzlichst und lautstark zu Lachen. Selbst Kater Moritz hielt sich die Pfoten vors Gesicht; wieder ging ein Tag trotz des ernsten Themas fröhlich und letztendlich entspannt zu Ende.

- **Glencolumbkille / Irland, Mitte April -**

Wieder und wieder wurden Molly Wolli höchst erfreut die Hufe gedrückt. Inzwischen war es auch den „Männern" der Herde gestattet worden, zur Gratulation dazu zu kommen. Das neue Lamm schmiegte sich an seine Mutter, erste Eindrücke von der Welt sammelnd. Als es recht bald erkannte, dass ihm keine Gefahr drohte, da schaute es auch nach und nach alle Umstehenden an und wartete darauf, was nun passieren würde.

„Nun, Molly Wolli", ließen die Schaf-Damen nicht locker. „Du hast uns immer noch nicht die Antwort gegeben, w e r denn nun der Vater ist!" Molly Wolli und ihre engsten beiden Freundinnen tauschten einige Blicke aus. Dann sagte sie: „Nun gut, das werde ich euch heute sagen. Das hatte ich mir ja auch für heute verwahrt. Schließlich ist es ja auch wichtig für die Herde."

Molly Wolli nahm ihr Lamm und drückte es fest an sich. Dann sah die frisch gebackene Mutter es an, schaute tief in dessen Augen und sagte: „Mein Kind, du hast einen wundervollen Vater. Bis jetzt habe ich niemandem hier erzählt, w e r das ist.

Ich habe direkt etwas ein schlechtes Gewissen, dass ich bis heute so lange damit gewartet habe.

Aber du sollst wissen, du hast einen sehr gut aussehenden Vater, einen sehr starken Vater, vor allem einen, der weit über die Zäune unserer Weiden hinaus schaut, was wohl die wenigsten von uns hier je gewagt haben."

Die inzwischen komplett versammelte Schaf-Herde trat voller Erwartung von einem Huf auf den anderen. Niemand hier konnte es länger aushalten, die Lösung zu bekommen. Natürlich hatte der eine oder andere seine Rechenkünste bemüht, um sich selbst als Vater vorzustellen. Nach den Tragezeiten (5 Monate) von Schafen hingegen schied dies jedoch bei allen Mathematikern aus.

Molly Wolli und ihre engsten Freundinnen prusteten los, als sie in viele fragende Gesichter schauten. Jedoch „einigen" Schafen sah man es wohl an, dass sich viele Fragezeichen über ihren Köpfen langsam aufzulösen begannen. Der Spannungsbogen blieb aber zumindest zur Hälfte über der Weide erhalten, fast so, als hätte es einen „halben" Regenbogen gegeben.

Im Münsterland war McGregor am Morgen mit erheblichen Schluckbeschwerden aufgewacht. Und Bunglass meinte dazu: „Mein Freund, du hast gestern Abend und die halbe Nacht lang ja einen Vortrag gehalten, der es in sich hatte. Nicht nur in der Länge, ja auch den Spannungsbogen hast du auf deine tolle Erzählweise sagenhaft aufrecht erhalten. Nur schade, dass dies wohl die Quittung dafür ist, dass du so viele Worte gefunden hast. Deine Stimme hat es dir wohl etwas übel genommen."

Bunglass und McGregor machten sich auf den Weg und trabten zur nächsten Apotheke, um sich beraten zu lassen und um McGregor Milderung zu verschaffen.

Bunglass und McGregor waren noch nicht an der Reihe. Geduldig warteten die beiden und sahen sich schon einmal das Sortiment der Apotheke an. Vor ihnen stand am Beratungstresen ein „Mensch", den unsere Schafe noch nie gesehen hatten, kam wohl nicht aus unserem Ort.

Unwillkürlich bekamen Bunglass und McGregor jetzt mit, worum es in dem Beratungs-Gespräch vor ihnen ging.

Der „Mensch" ließ sich den Gebrauch eines Medikamentes erklären, das ihm wohl sein Arzt per Rezept verordnet hatte.

Mensch: „ Ich soll 5 Tage lang je 3 x eine halbe Tablette am Tag nehmen. Dann soll ich 3 Tage lang noch je 2 halbe nehmen. „

Apotheker: „ Das ist auch so richtig. So steht es auf dem Rezept."

Mensch: „ Dann muss ich die Tabletten ja teilen."

Apotheker: „ Ja, dafür ist auch die Sollbruch-Stelle vorhanden."

Mensch: „ Ach, ich dachte schon, warum haben denn alle Tabletten einen halben Riss? Und das, wo die doch noch neu sind."

Apotheker: „ Das ist schon so richtig. Dann kann man die Tabletten doch sehr gut an der vorgesehenen Stelle teilen."

Mensch: „ Aber wenn ich nur 3 x eine halbe Tablette am Tag nehmen soll, dann bleibt ja immer eine halbe übrig. Die kann ich doch nicht weg schmeißen! Das ist ja eine teure Kostentreiberei!"

Apotheker: „Nein, die halben können sie doch für die Tage verwahren, wo sie nur 2 x eine halbe Tablette nehmen sollen."

Mensch: „ Dann habe ich ja nur 5 halbe Tabletten und ich brauche doch 6 halbe für die letzten 3 Tage."

Apotheker: „Das ist wohl wahr, guter Mann. Aber sie werden es überleben, wenn sie dann am letzten Tag nur noch 1 x eine halbe Tablette nehmen. Da können sie ganz beruhigt sein. Und sollten sie doch am letzten Tag noch 2 halbe brauchen, dann können sie mir die übrig gebliebene halbe Tablette vorbei bringen. Ich entsorge diese dann ordentlich."

Mensch: „ So mache ich das dann. Vielen Dank auch und auf Wiedersehen."

Bunglass und McGregor waren sprachlos, was für unsere beiden Schafe sehr ungewöhnlich ist. Sie schauten sich sehr lange an und liefen dann wie auf ein Kommando zur Tür hinaus. Dort konnten sie sich nur schwer beruhigen. Sie hatten eine fürchterliche Lach-Attacke!

Die beiden lachten so laut, dass sich in der Nachbarschaft die Fenster öffneten. Für McGregors Hals war dies natürlich nicht so gut, gleich musste er es mit einem Hustenanfall und ziemlichen Schmerz im Halsinneren – nahe beim Zäpfchen - bezahlen. McGregor brauchte jetzt mehr als nur Medizin für seinen Hals.

Beide Schafe konnten jetzt auch noch ein paar gute Augentropfen gebrauchen, die die Röte und die Irritationen ihrer völlig überreizten Netzhäute etwas beruhigen würden.

Die beiden gingen also wieder zurück in die Apotheke, wo sich auch das Personal bemühte, so langsam wieder ernst zu schauen, was im Angesicht des Geschehens nicht einfach war. Profihaft erhielten Bunglass und McGregor aber dann alles nötige, um ihre Augen- und Halsprobleme wieder in den Griff zu bekommen.

Bunglass und McGregor wurden von einer netten jungen Apothekenhelferin, die in ihrer Nähe wohnt, zu Helga und Wuulfgeng nach Hause gebracht.

Als unsere Schafe dort die erlebte Story erzählten, war der Abend gelaufen. Es gab auch noch für alle eine Runde Kühl-Geel für die Augen und einen ordentlichen Schluck für die Kehle. Die Halsschmerz - Medizin kam auch noch zum Zuge, in welcher Reihenfolge, das ist im Augenblick nicht mehr nachvollziehbar.

-Glencolumbkille / Irland-

Molly Wolli wollte ihr Geheimnis jetzt auflösen. Zuvor nahm sie allen anwesenden Schafen aber ein Versprechen ab. „Liebe Freunde, ihr müsst mir eines wirklich geloben, mit großem Schaf-Ehrenwort! Dem Vater soll zurzeit nämlich noch nicht bekannt werden, dass er Vater einer hübschen Tochter geworden ist. Das hat seinen guten Grund! Meine Tochter soll erst einmal etwas wachsen, und dann werden wir ihn besuchen und wohl sehr überraschen. Denn der ahnt nun wirklich noch nichts davon, was heute hier passiert ist. Es gibt aber auch eine sehr schöne Belohnung für euer Schweigen! Jeder, der „dicht hält", der darf dann auch mit zum Vater - Besuch. Ich habe schon so eine Vorstellung, wie dies alles geschehen soll. Also, wer da mit möchte, der schweige; wer nicht, der mag jetzt seinen Platz räumen und etwas abseits traben. Ich sage nur, der wird einiges verpassen!"

Niemand rührte sich vom Fleck. Alle Schafe blieben stehen, wo sie sich gerade befanden. Es lag keines der Schafe im Gras, dafür waren sie alle zu sehr aufgeregt. Jeder wollte den Blickkontakt zu Molly Wolli. Es sollte sich für sie alle lohnen!

Und selbst abseits der Schafe lag die Spannung wie ein Knistern in der Luft.

Auf dem Zaun am Rand der Schafweide, auf dem einige Krähen sich lautstark unterhielten, rief deren Anführer den anderen geschwätzigen Vögeln zu: „Nun haltet alle mal die vorlauten Schnäbel! Ich will auch hören, was das Schaf erzählt!"

Das rief er so lautstark und bestimmend, dass alle Schafe zum Zaun in Richtung der Vögel blickten, mehrmals ihre Köpfe schüttelten und sich dann aber sofort wieder Molly Wolli zuwandten.

In Deutschland eröffnete Bunglass das Gespräch am Frühstückstisch. „Ihr glaubt ja gar nicht, was ich in der Nacht für einen Traum hatte."

„Zumindest war es wohl ein fröhlicher Traum", sagte McGregor. „Denn ich habe dich gegen Ende der Nacht im Traum Lachen gehört. Als ich dich vorsichtig ansah, hattest du ein sehr breites Grinsen im Gesicht."

„Los Bunglass, erzähl schon!" nahm Helga den Faden wieder auf. „Schöne Träume soll man erzählen, damit auch andere ihre Freude daran haben können."

„Also", begann Bunglass: „Da gibt es schon manchmal allerhand zu schmunzeln, was man so träumt. Ich war irgendwo auf Reisen und in einer Stadt, an deren genauen Namen ich mich leider nicht mehr erinnern kann. Auf jeden Fall hatte ich etwas Schmerzen in der Backe hatte und suchte einen Zahnarzt auf.
Ich saß schon bereits im Behandlungsstuhl und hatte ein blaues Lätzchen als Tropfenschutz um den Hals gebunden. Der Dentist stellte seinen Computer-Monitor an, um die Patienten-Daten zu prüfen, um dann die Erst-Diagnose zu stellen und dort auch in sein System einzutragen.

Dann blickte der Doc stirnrunzelnd abwechselnd auf den Monitor und dann auf mich, mehrere Male hin und her.

Dann sagte der Doc: „ Nein, ich kann sie nicht behandeln. Nach meinem Computer-System haben sie ja hier noch eine Rechnung offen. Sie müssen erst diese 540,- Euro zahlen, dann sehe ich mir ihren Zahn mal in Ruhe an."

Mir verschlug es glatt den Atem. Mein Mund blieb offen stehen, als ob ich schon mitten in der Behandlung wäre. Ich beteuerte, dass dies gar nicht sein kann. In dieser Stadt bin ich bis heute noch nie gewesen. Ansonsten war ich auch immer nur bei meinem vertrauten Zahnarzt im Ort in Behandlung. Das mit einer offenen Rechnung kann absolut n i c h t stimmen.

Es kann nur so gewesen sein, dass dieser Doc hier in seiner beruflichen Praxis schon etliche schlechte Erfahrungen gemacht hat, wohl eher aber mit Menschen als mit Schafen.

Der Doc hielt mit seinem Personal Rücksprache und mit einem Mal war die Sache auch schon aufgeklärt.

Durch einen Buchungs - Fehler war eine noch offene Rechnung in die falsche Rubrik geraten. Die Rechnung sollte natürlich in die Außenstände der allgemeinen Praxis-Buchführung und nicht in die Patienten-Daten gelangen. Zum Schutze seiner Mitarbeiterinnen erklärte Doc Fehlbuchung nun, dass er selbst die Eintragung gemacht hatte.

Seine Mitarbeiterinnen trifft daran keine Schuld. Er hatte eben vorhin nur die falsche Brille aufgehabt, als er den Computer hochfahren und die Bunglass-Patienten-Daten aufrufen wollte.

Statt den Namen „Bunglass" hatte er somit den falsch eingetragenen Datensatz „Carglas" angeklickt, der dann erschien. Und von der Firma war noch eine Erstattung aus einem Glasschaden offen.
Alles war wieder in Ordnung. Endlich begutachtete der Doc meine Backe und brachte eine Kleinigkeit in Ordnung. Der Doc entschuldigte sich mehrmals für dieses Missverständnis und versprach, mir keine Rechnung für diese Behandlung heute auszustellen. Im Gegenteil, ich bekam noch einen Gutschein über eine Zahnreinigung geschenkt, falls ich wieder einmal in dieser Stadt sein würde.
Zufrieden lächelnd trabte ich an den grinsenden Mitarbeiterinnen am Empfang vorbei und verließ die Praxis. Ich hörte noch, wie der Doc seine Mitarbeiterinnen darum bat, für ihn einen Augenarzt-Termin zu besorgen."

„Super Bunglass", grinste McGregor: „Und dann bist du wohl lachend aufgewacht.

Es wurde noch ein sehr gemütliches und fröhliches Frühstück!
Und es sollte noch der eine oder andere Traum folgen.

Glencolumbkille / Irland

Schon recht unruhig und voller Verlangen auf die Molly Wolli Offenbarung reckten sich die Schafe den erlösenden Worten der frisch gewordenen Mutter entgegen.
Die zeigte sehr wohl Verständnis für die neugierigen - und für Schafe unendlich lange Wartezeit aushaltenden Schafe - und löste endlich ihr Geheimnis auf: „Eure Geduld habe ich nun wirklich lange strapaziert. Diejenigen, die jetzt hier vor mir und meiner Tochter stehen, und ich sehe, dass dies alle sind, da niemand an die Seite getrabt ist, haben in nicht allzu ferner Zeit eine richtig abenteuerliche Reise vor sich. Ich kann euch jetzt sagen, dass die Reise nach Deutschland gehen wird."

Sofort nach diesen Worten von Molly Wolli schien es, als ob sich der heute etwas bewölkte Himmel über einigen Schafen schlagartig aufhellen würde. Einige Hufe zeigten in die Höhe, gerade so, als ob in der Schule aufgezeigt würde, um die Lösung einer Aufgabe anbieten zu wollen. Wenn sie es könnten, hätten sie wohl auch noch mit den Fingern geschnippt. Molly Wolli hatte nun eine große Auswahl an Rätselexperten.
Sie überlegte einige Augenblicke lang und entschloss sich dann, auf ein Schaf zu zeigen, das sonst nicht oft zum Zuge kam. „Na los, mein kleiner „Mutlos", was hast du dir denn überlegt?" rief sie ihm aufmunternd zu.

„Mutlos" wuchs über seinen – bis dahin eigentlich verdienten – Namen hinaus, schaute sich einige Male noch etwas scheu um, fasste dann aber wohl all seinen tatsächlich vorhandenen Mut zusammen. Dann sprudelten die Worte nur so aus ihm heraus: „Ich denke, dass du Bunglass meinst!"

Noch ehe Molly Wolli etwas dazu sagen konnte, brach unter einigen Schafen ein richtiger Tumult aus. Eines der mathematisch begabten Schafe rief: „Wenn ich richtig zurück gerechnet habe, dann hat uns Bunglass mit seinem Freund McGregor vor ungefähr fünf Monaten besucht. Wenn sich die Welt nicht gänzlich verändert hat, dann hat unser kleiner „Mutlos" wohl einen Treffer mit seiner Vermutung gelandet!"
Viele Fragezeichen, die wie kleine Wolken über den Schafen hingen, lösten sich bei diesen Worten in klare Erkenntnis auf. Alle schauten den Redner an, dann blickten alle Schafe auf Molly Wolli.

Kater Moritz, Bunglass und McGregor saßen vor ihren Schälchen mit Milch. Die Nacht war wieder einmal der nächsten Morgendämmerung gewichen; die Dämmerung machte nun den ersten Sonnenstrahlen des neuen Tages Platz. Aus den Lautsprechern entlockte eine schottische Band mit Namen „Runrig" wunderbare Musik aus Schottland. Der Duft von frischen Brötchen lag in der Luft, ebenso wie der von frisch gebrühtem Kaffee für die Gasteltern Helga und Wuulfgeng.

Es war wieder einmal Frühstückszeit, und dieses Mal war es McGregor, der fröhlich rief: „Heute muss ich euch unbedingt erzählen, was ich für einen Traum hatte. Der Traum ist eigentlich auch zugleich etwas realistisch, denn ich habe von einem Freund meiner damaligen Herde geträumt, von „Atlantis".

„Das ist aber ein merkwürdiger Name für ein schottisches Schaf", sagte Helga und sah Wuulfgeng neugierig an. Die beiden waren von Bunglass und McGregor schon so einiges gewohnt, besonders, was ihre blühende Fantasie betrifft.
Selbst Bunglass zeigte sich etwas verblüfft, was bei ihm tatsächlich nicht so oft vor kam.

„Du meine Güte, McGregor", auch du hast ja Freunde mit seltsamen Namen; besonders, wenn man bedenkt, dass es sich bei uns ja um Schafe handelt!"

McGregor antwortete sofort: „Ich erinnere mich noch gut an deinen irischen Freund, der damals die Autokennzeichen der Deutschen für dich entschlüsselte, damit du unsere jetzigen Gasteltern hier finden konntest. Der hieß doch „Ben Rattlesnake", wenn ich mich recht erinnere?"
„Na klar, McGregor, der schottische Whisky hat dein Erinnerungsvermögen anscheinend nicht groß gestört. Aber erzähle und allen bitte sofort, wie denn der Name „Atlantis" zustande gekommen ist."

„Da bin ich aber auch ziemlich neugierig", mischte sich jetzt auch Kater Moritz ein. „In meiner geschichtlichen Erinnerung gab es mal einen versunkenen Kontinent, der so einen Namen hatte. Das weiß ich aus dem Internet, wo ich schon öfter mal surfe, um mich auf dem Laufenden zu halten, und weil man dabei so schön mit einer Maus spielen kann. Und Geschichte, die hat mich eben schon immer interessiert. Wie aber die Verbindung zu einem Schaf ist, das möchte ich gerne hören."

McGregor trank in Ruhe seine Milch aus. Fast wölfisch lächelnd blickte er wohl gelaunt in die Runde. „Liebe Freunde, ihr seid schon auf einem guten Wege. Der Name meines Freundes „Atlantis" hat tatsächlich etwas mit Wasser zu tun. Atlantis ist nicht unbedingt der schlaueste unter uns Schafen, aber ein guter und immer zuverlässiger Freund.

Irgendwann hat sich mal jemand mit ihm einen Scherz gemacht. Wir Schafe haben ja unsere Weiden, worauf wir auch sehr stolz sind. Dann hatten wir bei einer volljährigen Geburtstagsfeier mal einen zuviel gehabt. Jemand kam auf die Idee, unserem Atlantis ein Stück Land mit frischem Seegras zu verkaufen, das ihm dann als Alleineigentümer gehören würde. Das ist natürlich schon etwas besonderes, denn, wie ihr alle wisst, teilen wir Schafe uns redlich „fast" alles.
Auf jeden Fall ging Atlantis darauf ein und er war sehr stolz. Ich muss noch erwähnen, dass ihm das Stück Land bei Ebbe zugesprochen wurde. Da aber sich die Gezeiten fest in den Ablauf des Weltgeschehens eingebettet haben, kommt auf jede Ebbe eben auch die Flut. Ihr könnt euch sicher vorstellen, wie Atlantis ein dummes Gesicht gemacht hat, als sein Land nicht mehr da war.

Immer wieder und wieder war er komplett aus dem Häuschen, wenn er nachschaute, und sein Land war schon wieder weg. Zum Glück war er dann aber auch froh, wenn bei Ebbe sein ganzer Stolz mit dem leckeren salzigen Gras wieder auftauchte. Eigentlich hat er es bis heute nicht so richtig begriffen. Wie gesagt, Atlantis blickt nicht so ganz durch, aber das allein ist für einen wirklichen Freund auch nicht entscheidend."

„Ich habe gehört, dass es auch Menschen geben soll, mit denen man dies auch versucht hat.

Ob es bei denen auch „geklappt" hat, das weiß ich leider nicht" sagte Moritz, wieder mit dem Hinweis auf das Netz.

„Jungens", sprach Wuulfgeng: „Man könnte meinen, dass heute der erste April ist, was man von euch so für Geschichten hört. Dabei war das schon vor zwei Wochen. Aber solche Geschichten höre ich trotzdem viel lieber, als die, welche uns die realen Nachrichten teilweise in Funk und Fernsehen mitteilen. Aber hört mal, ihr schlimmen Schafe, wenn ich Eintrittskarten bekomme, möchtet ihr dann einmal mit zu einem Fußballspiel kommen? In nächster Zeit ist in der Nähe ein Fußball-Länderspiel der Deutschen Nationalmannschaft."

Schottland und Irland sind Fußballnationen, die auch international am Geschehen teilnehmen. Da sind nicht nur die Menschen Fans, natürlich auch die Schafe der angesprochenen Länder.

„Natürlich, das würden wir gerne einmal life erleben!" riefen Bunglass und McGregor wieder einmal fast wie aus einem Munde. „Schließlich, erinnert euch mal an die Geschichte mit den Hühnern auf dem Markt, selbst die schauen begeistert Sport!"

Glencolumbkille / Irland

Molly Wolli rief „Mutlos" nach vorn und sagte zu ihm: „Du bist ja ein richtig kluges Kerlchen. Ich hoffe, du wirst dein Licht auch in Zukunft nicht unter den Scheffel stellen; das hast du doch gar nicht nötig. Das „mit dem Scheffel", das erkläre ich dir später. Aber zunächst möchte ich euch allen sagen - ja, es ist Bunglass! Bunglass ist der Vater meiner Tochter!"

Wie bei den Menschen auch, so ist es auch bei den Schafen. Einige begannen zu tuscheln: „Na so ein Schlawiner, dieser Bunglass. Kommt uns hier besuchen und macht sich dann wieder aus dem Staub. Da sieht man ja mal wieder, auf was man sich einlässt, bloß, weil einer einem schöne Augen macht!" „Ja klar, von Verantwortung und Kindern hält er wohl nicht so viel. Denkt wohl nur an seine Abenteuer!" Die Unterhaltung der „Durchblicker" wurde so laut, dass auch Molly Wolli von diesen Gesprächen Wind bekam.

„Hört mir mal zu und macht mal halb-lang", sagte sie sichtlich empört. „Schließlich weiß Bunglass doch gar nichts davon, was aus unserer Begegnung im November geworden ist. Ich kann euch nur sagen, es war eine sehr schöne Begegnung, die ich keine Sekunde vergessen habe. Und bereut habe ich auch gar nichts, im Gegenteil.

Schaut euch doch nur einmal an, was daraus geworden ist. Habe ich nicht eine wunderschöne Tochter?"

Dagegen war nun aber auch gar nichts zu sagen. Die streitbaren Schafe überlegten nun, statt sich nur zu ereifern. Langsam kühlten sie sich ab und vergaßen nicht, Molly Wolli noch einmal zu ihrer Tochter zu gratulieren.

Molly Wolli nahm diesen wieder hergestellten Frieden zum Anlass, noch einmal das Wort an alle zu ergreifen: „ Hört mir noch einen kurzen Augenblick lang zu, bevor wir zu den Geburtstags-Feierlichkeiten übergehen und ihr dann bald nicht mehr ansprechbar seid!" Molly Wolli wusste, wovon sie sprach!

„Ihr braucht euch gar nicht erst die wolligen Köpfe darüber zu zerbrechen, wie denn meine Tochter heißen soll. Das werden meine Tochter und ich dann persönlich bei unserem Besuch bei Bunglass in Deutschland klären, und ihr seid dann mit dabei."

Noch vor dem Fußball-Länderspiel geschah etwas, womit weder die Gasteltern noch Bunglass und McGregor gerechnet hatten.

Da rief doch tatsächlich ein Manager des Deutschen Fußballbundes an und fragte nach Bunglass und McGregor. Auf Nachfrage, wie man denn dort auf die beiden Schafe kommt, kam die Antwort, dass die besonderen „Tätigkeiten" der beiden schon weit über den Wohnort hinaus bekannt sind. Und da man nicht immer nur Musik als Unterhaltung in der Halbzeit bieten will, da sollen eben beide Schafe als Maskottchen der Deutschen Nationalmannschaft etwas Stimmung ins Stadion bringen, wenn sie zum Beispiel ein paar Runden dort drehen, aufrecht auf zwei Beinen. Das wäre doch mal was, auch wenn Tiere schon vorher im Stadion zu sehen waren, zum Beispiel ein Geißbock in Köln.
Eines gab Bunglass und McGregor dann doch noch zu denken. Da wurde im Auftrag eines gewissen Löw angefragt, und die Schafe fragten sich, ob dies eventuell ein Hörfehler ist. Wenn ein Löwe gemeint ist, dann könnte das ja auch eine Falle sein. Die beiden hatten schon von anderen tierischen Mannschaften gehört und wollten nicht als Imbiss für diese dienen.

Also befragten sie zu diesem Thema erst einmal ihre Gasteltern, bevor über eine Zusage entschieden werden sollte.

„Na wie kommt ihr denn auf so etwas?" kam von denen als Antwort. Und Bunglass entgegnete: „Man kann ja bei manchen Sachen gar nicht vorsichtig genug sein. Wir haben gehört, dass es ja auch noch andere tierische Mannschaften geben soll, zum Beispiel die „Berliner Eisbären" oder die „Wölfe aus Wolfsburg".
„Ja", mischte sich McGregor ein. „Und da sind auch noch die „Boston Tigers" zu nennen, wenn ich mich richtig an die Nachrichten erinnern kann."

Wuulfgeng beruhigte die beiden sofort, musste aber erst einmal ausdauernd lachen. „Ihr habt schon richtig gehört, das mit den Namen der Teams zumindest. Aber ich kann euch beruhigen, denn das sind wirklich nur Namen. Dahinter stecken bei allen genannten Mannschaften „Menschen" als Sportler. Also, die Gefahr ist gering!"

„Dann scheint das wohl in Ordnung zu gehen und ein großes Erlebnis zu werden, da werden wir dann wohl zusagen."

„Aber eines möchte ich doch noch wissen", sagte McGregor. „Wenn ich mich nicht ganz verhört habe, dann war der Vorname von Herrn Löw oder Löwe doch auch tierisch. Kein Wunder, dass wir misstrauisch geworden sind. Ein Jogi ist uns als Bär aus einem sehr bekanten Film noch gut in Erinnerung.

Wenn „dieser" Jogi aber genau so friedlich und freundlich wie der im Film ist, dann steht unserer Teilnahme wohl nichts mehr im Wege."

Zwei Tage später war es schon soweit. Bunglass, McGregor und ihre Gasteltern fuhren mit einem Fan-Bus zum Ort des Ereignisses. Sie waren sehr stolz darauf, dass es sich die gesamte National-Mannschaft nicht nehmen ließ, die beiden Schafe noch vor dem Spielbeginn zu begrüßen. Schließlich waren sie ja auch Maskottchen. Auch den Herrn mit den tierischen Namen lernten Bunglass und McGregor kennen. Er war gar nicht gefährlich. „Das stimmt nicht ganz", sagte einer der Spieler hinter der vorgehaltenen Hand. „Er kann schon gefährlich oder eher ungemütlich werden, wenn man nicht macht, was er sagt!"

Die erste Halbzeit des Spieles verlief ganz nach dem Geschmack der deutschen Gastgeber und natürlich der zumeist heimischen Stadionbesucher. Dann kam die Halbzeitpause! Bunglass und McGregor wurden angekündigt. Es gab doch tatsächlich darauf hin schon einigen Applaus. Anscheinend hatten sich die Taten und Abenteuer von Bunglass und McGregor schon weit herum gesprochen.
Als die beiden dann aufrecht ins Stadion trabten, den Zuschauern zuwinkten und die Fahnen der Gäste und der Gastgeber trugen, da war auf den Rängen kein Halten mehr.

So hatte die Tribüne noch nie geschwankt, nicht mal beim höchsten Heimsieg. Als Bunglass und McGregor in Abstimmung mit dem Stadionsprecher und dem Hauptveranstalter noch „We are the champions" anstimmten, da gab es niemand in der Arena, der nicht mit einstimmte.

Das Spiel ging übrigens zur vollen deutschen Zufriedenheit aus; die Zuschauer werden sich aber eher an die Halbzeit erinnern, die wohl etwas aus dem Rahmen fiel. Die tapferen Verlierer des Spiels, die sich ohnehin keinen Sieg ausgerechnet hatten, wurden noch mit einer Schaf-Autogramm-Stunde geehrt, die auch bei ihnen noch große Begeisterung hervor rief. Und von diesem ungewöhnlichen Spiel, eher der höchst ungewöhnlichen Halbzeitpause, da hatten sie zu Hause viel zu erzählen.

„Was war das für ein Ereignis" rief McGregor aus, als alle wieder daheim im Münsterland waren. Das wird man uns in Irland und Schottland doch nur glauben, weil auch wir Autogrammkarten der Spieler bekommen haben.

Bunglass hatte McGregor bei dessen freudig erregten Worten genau ins Gesicht geschaut.
Dabei hatte er festgestellt, dass da ein kleiner Unterschied zum sonstigen Ausdruck von McGregor zu bemerken war. Der Unterschied bestand in seinem Gesichtsausdruck, der kleine Anzeichen von anfliegendem Schmerz aufwies.

Bunglass sprach McGregor auch sofort darauf an. „McGregor, du bist doch mein bester Freund.

Sage mir doch bitte mal, was mit dir los ist. Ich merke doch, dass irgendetwas nicht stimmt. Eigentlich habe ich das schon länger bemerkt, aber jetzt in diesen Augenblicken, da ist es nicht zu übersehen."

McGregor antwortete wie erleichtert: „Ich habe nichts gesagt, damit ihr euch keine Sorgen um mich macht. Aber wenn es für euch so deutlich ist, dann werde ich euch allen jetzt sagen, was mich schon einige Zeit lang bedrückt. Anscheinend bin ich schon im „knackigen Alter". Wie man so schön bei euch Menschen sagt, es knackt dann mal hier und knackt mal da. Eigentlich habe ich schon seit meiner Flucht in die Highlands einige Probleme mit meiner Leiste. Ich hatte mir damals wohl zuviel zugemutet.

Aber wir mussten für die lange Reise ja eine Menge an Proviant mitnehmen, und als Anführer meiner Herde fühlte ich es als meine Pflicht, auch die meiste Last zu tragen. Ich glaube, ich sollte mich einmal einer Leisten - OP unterziehen, denn es wird nicht besser."

McGregors Vermutung wurde beim Hausarzt seiner Gastfamilie bestätigt. McGregor hatte eine Leisten-Hernie, die mit Hysterie nun aber auch gar nichts zu tun hatte.

Eine Operation würde sich trotz aller Vorsicht nicht vermeiden lassen, wollte McGregor nicht eines Tages als Notfall mit Blaulicht ins Krankenhaus gebracht werden. Und wer will das schon! Nun ging es darum, einen Spezialisten zu finden, der mit diesem „Patienten-Sonderfall" fertig werden würde, auf Wunsch von McGregor außerhalb einer Tierklinik.
Ein Spezialist wurde schnell gefunden. Auch diesen störte der Befund und ein Termin wurde eiligst vereinbart. McGregor hatte auch um die eventuelle Möglichkeit gebeten, möglichst noch am Abend der OP wieder zu Hause zu sein. Wenn alles sehr gut verlaufen würde, könnte man McGregors Wunsch nach der schnellen Entlassung wohl auch erfüllen.

Mc Gregor ergab sich somit seinem Schicksal. Es gab selbstverständlich noch vor der wohl für Schafe sehr speziellen Operation eine Menge an Dingen vorzubereiten. Für die weitere Besprechung und sonstige vorbereitende Maßnahmen fuhr McGregor zusammen mit Bunglass und Fahrer Wuulfgeng in das ausgesuchte Krankenhaus nach Münster.
Das Parkhaus am Krankenhaus war trotz der zehn Parkdecks überfüllt. Auf dem obersten Deck sagte Wuulfgeng: „Geht doch schon einmal vor. Ich warte hier auf einen frei werdenden Platz." Und so trabten Bunglass und McGregor los. Schließlich lässt man bei einem vereinbarten Termin den Arzt nicht warten.

Beim Anblick der offenen Stahlstufen auf den Rastertreppen schauten sich Bunglass und McGregor nur kurz an und waren sich auch sofort einig. Das ist nichts für die beiden mit ihren Hufen. Auf diesen Stufen konnten sie unmöglich zehn Etagen nach unten traben. „No Problem", schmunzelte McGregor: „Dann nehmen wir eben den kleinen Fahrstuhl da hinten an der Ecke." Die beiden stiegen ein. Kaum war dieser los gefahren, als er auch schon wieder in der achten Etage mit kreischenden Geräuschen anhielt.

Zum Glück schien dieses Geräusch keine Gefahr zu bedeuten. Die Tür des Fahrstuhls öffnete sich, weil ein weiterer Besucher des Parkhauses einsteigen wollte.
Es war ein älterer Herr, dem mehrere Fragezeichen beim Anblick von Bunglass und McGregor im Fahrstuhl auf der Stirn standen. Als ihn Bunglass und McGregor mit einem fröhlichen „Nur hereinspaziert, hier ist noch Platz!" ansprachen, schreckte er erst einmal völlig verdutzt zurück, wollte doch lieber die Treppe nehmen. Zum Glück für ihn merkte er jedoch noch vor der ersten Stufe, dass er mit seinem Rollator unterwegs war.

Bunglass und McGregor sind sehr höfliche Schafe und hatten erst einmal abgewartet, wie sich diese Situation wohl entwickeln würde.

Sie sprachen den älteren Herrn dann noch einmal an, klärten die Sache auf und fuhren dann friedlich zu Dritt zum Erdgeschoss hinunter. Unten angekommen und kaum ausgestiegen, setzte sich der Mensch vom Fahrstuhl-Team erst einmal auf die Bank seines Rollators, sein Kopf wollte gar nicht damit aufhören, sich pausenlos zu schütteln.

Die große automatische Drehtür am Eingang war für Bunglass und McGregor völlig neu. Bunglass und McGregor fuhren gleich mehrere Male damit im Kreis herum. Sie machten sich sofort Gedanken, wie viele Schafe wohl in eine der Abteilungen der Drehtür passten. Das wäre ein schönes Schaf-Karussell, auch wenn man selbst auf eigenen Hufen gehen musste und nicht gefahren wurde.

Der nächste Knüller waren die Roll-Treppen. So etwas hatten Bunglass und McGregor auch noch nie gesehen. Begeistert fuhren sie damit rauf und auch wieder runter und erregten damit natürlich die Aufmerksamkeit aller Anwesenden. Bereits beim dritten Male waren die beiden von vielen Kindern umzingelt, die mit ihren Eltern gekommen waren, weil auch sie im Krankenhaus Termine hatten. Die zuvor noch etwas ängstlichen Kinder hatten ihren Spaß und vergaßen jetzt ihre Sorgen wegen der noch anstehenden oder bereits erfolgten Untersuchungen.

Bunglass und McGregor achteten jedoch auch darauf, dass dieser Roll-Treppen-Spaß im Rahmen blieb und nicht zu wild wurde.

Schließlich sollte sich niemand verletzen, auch wenn man schon bereits im Krankenhaus war. Und gesagt werden muss auch, dass Roll-Treppen nun einmal keine Spielgeräte sind.
Bunglass und McGregor verabschiedeten sich nun bei allen, die ihnen zugesehen hatten, vor allem aber bei den Kindern. Die beiden hatten sich nun doch leider etwas verspätet, was ihnen sonst ja nicht ähnlich sieht. So musste Mc Gregor in die Abteilung für Blutentnahmen, damit seine Blutgerinnungsfähigkeit und seine Entzündungs-Werte bestimmt werden konnten.

Zum Glück war die Blutentnahme per Telefon darauf vorbereitet, dass ein Schaf zur Tür hereinkommen würde. Es ging auch alles gut. Eine passende Ader wurde gefunden. Blut hatte Mc Gregor auch genug.

Man hörte allerdings später, dass die Blut-Abteilung nach diesem Vorfall sofort Feierabend machte, weil sie sich auf weitere Entnahmen nicht mehr so streng konzentrieren konnte.

Ähnliches geschah in der Röntgen-Abteilung. Allerdings war hier der Empfang vorgewarnt.

Jedoch war dem gerade per Schichtwechsel eintreffenden Röntgen-Arzt wegen der Überschneidung nicht bekannt, dass ein Schaf vor dem Röntgen – Gerät stand.
Als er ohne den tierischen Sichtkontakt nur die Bilder auf seinem Schirm sah, dachte er laut: „Ach du meine Güte, ist schon wieder Karneval? Der 1. April ist heute jedenfalls nicht!" Sich vorzustellen, dass dort ein menschlicher Körper abgebildet war, das ging über sein medizinisches Studium hinaus.

Alles klärte sich jedoch auf. So etwas war hier schließlich noch nicht vorgekommen. Auch in dieser Abteilung machte man heute früher Schluss. In der nächsten Betriebs-Versammlung wurde ein Vorschlag unterbreitet, dass man auch in einer Tierklinik ein paar Tage Dienst machen sollte, um bei solchen Fällen gewappnet zu sein. Schließlich hatte sich auch hier wieder eine Regel bewahrheitet:
„Was passieren kann, passiert!"

(Autoren-Vermerk: Es wird hiermit ausdrücklich darauf hingewiesen, dass das vorgenannte „Zitat" Murphy zuzuordnen ist, auch wenn dies hier keine Doktor-Arbeit werden soll.)

Soweit waren also die Vorbereitungen erledigt. Es ist Vorschrift, dass ein Begleiter da ist, der Mc Gregor nach seiner Operation noch 24 Stunden überwacht, um negative Folgen der Voll-Narkose möglichst auszuschließen.

Dieser Begleiter war schnell gefunden. Das würde natürlich Bunglass sein.

Der Tag kam, das OP-Team war komplett erschienen, natürlich auch pünktlich Mc Gregor mit seinem Begleiter Bunglass. Kater Moritz war zu Hause geblieben und drückte dort die Pfoten. Wegen dieser spektakulären Schaf-Operation hatte sich eine Studenten-Gruppe angemeldet, die dieses miterleben wollte.

Daher hatte man wegen dem drohenden großen Andrang schon überlegt, ob man nicht in einem größeren Saal operieren soll. Wegen der dann doch zu strengen hygienischen Vorschriften war dies jedoch schnell verworfen worden. Die Zuschauergruppe musste also draußen bleiben.

„Es gefällt mir so gar nicht, dass ich wegen der Hygiene ziemlich radikal geschoren werden soll. Ich will ja schließlich nicht wie ein Königspudel aussehen!" begehrte McGregor ein letztes Mal auf.

Aber es musste ja sein. Er hat das dann auch eingesehen und ließ alles brav über sich ergehen.
Bezüglich der Narkose hatte Mc Gregor mit dem Team einen Sonderwunsch durchgesetzt, nämlich, dass er keine normale Vollnarkose bekommen würde. Er hatte vorgeschlagen: „Eine schöne Flasche mit schottischem Single-Malt, das reicht mir doch vollkommen!"

Unser stolzer Schotte bestand auch darauf, kein ulkiges normales Operations-Höschen verpasst zu bekommen. Er bestand wieder darauf, bei seiner Operation stolz seinen Kilt zu tragen. Das einfühlsame und ruhige Spezial-Team ist dafür bekannt, dass fast alle Wünsche erfüllt werden können. Und so geschah es. McGregor wurde im Kilt operiert, der natürlich vorher gründlich gemäß den strengen hygienischen Vorschriften desinfiziert wurde.

Zur Operation selbst konnte Mc Gregor nicht viel berichten. Nachdem er seine Narkose-Flasche geleert hatte, fehlte ihm einiges an seiner Erinnerung. Es sei daher für ihn hiermit gesagt, dass alles sehr gut verlaufen ist. Er war wohl noch nicht so ganz klar, denn ihm wurde gesagt, dass er einiges geredet hatte.
So hatte er gefragt, wie viele Tage lang er denn operiert worden ist und ob Schwester Gudrun, die er als erste nach seinem Wiedererwachen sah, die OP durchgeführt hatte.

Alles ging also gut aus. Schon wenige Stunden nach der Operation konnte Mc Gregor mit Bunglass nach Hause entlassen werden und darauf war er auch ein bisschen stolz, denn das gelingt nun nicht jedem Patienten.

Die meisten müssen noch eine Nacht zur Überwachung im Krankenhaus bleiben, was bei vielen mit nicht so guten „Werten" wie bei McGregor auch wohl meistens recht sinnvoll ist.

Unser Highländer-Schaf-Patient war aber insoweit wieder fit.

Bunglass und McGregor erlebten jedoch noch eine Überraschung, als sie das Krankenhaus verlassen wollten. Da stand doch eine Unmenge von Kindern an der Roll-Treppe, die sich mit ihren Eltern erkundigt hatten, wann denn die beiden Schafe dort wieder vorbei kommen würden. Die Kinder wollten doch unbedingt ein gemeinsames Foto mit beiden Schafen als Erinnerung an diese Aktion, die ja so sicherlich nicht so schnell wieder kommt. Und mancher Kamera-Chip musste Höchstleistungen vollbringen.

14 Tage musste sich McGregor noch zusammen reißen, um seine Bauchnähte zu schonen. Auch musste ja das ihm eingesetzte Netz in seiner Leiste anwachsen und durfte nicht verrutschen.

Bunglass ließ in dieser Zeit rücksichtsvoll weniger Witze los und Kater Moritz und die Gasteltern schlossen sich da voll an. McGregors Bauch überstand dies alles sehr gut. Inzwischen macht sich Mc Gregor schon wieder teilweise im Haushalt nützlich.

Glencolumbkille / Irland - Ende Juni – zwei Monate nach der Geburt

Molly Wolli hatte alle Schafe der Herde um sich und ihre noch namenlose Tochter versammelt. Alle waren sehr gespannt, was jetzt passieren würde. Es war – was für Schafe außergewöhnlich ist - so ruhig, dass man sogar die jetzt bei Ebbe leise heranrollenden Wellen hören konnte. Auch die Vögel auf den Zäunen der Weide wollten wieder das Schaf sprechen hören.

Molly Wolli schaute sich noch einmal um, kniff ihrer Tochter ein Auge zu und begann:
    „Ihr habt jetzt wirklich sehr lange Geduld gehabt. Aber nun ist es soweit. Unser Abenteuer in Richtung Deutschland kann endlich beginnen. Ich habe schon Kontakt mit dem Freund von Bunglass in Donegal aufgenommen. Wie ihr vielleicht noch aus der Anfangsgeschichte von Bunglass wisst, arbeitet „Ben Rattlesnake" ja viel mit den Menschen zusammen. Da hat er es auch in Zusammenarbeit mit denen so arrangiert, dass wir ein Flugzeug zur Verfügung gestellt bekommen. Wir sind ja nicht alle in der Lage, auf zwei Beinen zu gehen und lange auf unseren Hintern zu sitzen.

Deshalb wurde in dem besagten Flugzeug bereits jede zweite Sitzreihe ausgebaut. Damit ist leider nicht genug Platz vorhanden, dass wir alle mitfliegen können.

Der Tower beim Flughafen in Deutschland hat jedenfalls angekündigt, dass wir keine Landeerlaubnis bekommen, wenn wir nicht alle ordentlich und rutschfest verkeilt auf unseren vier ausgestreckten Beinen dort ankommen. Wir müssen nun eine Auswahl treffen, wer mit uns nach Deutschland fliegt."

Die zuhörenden Schafe waren in höchster Erregung. Es erhob sich ein großes Stimmengewirr, wohl wie damals beim Turmbau zu Babel. Hier in Glencolumbkille jedenfalls verstanden sich alle. Einige der Schafe, die sich anfangs zu weit vorgewagt hatten, hörten dies alles gar nicht einmal so ungern. Ihr Mut hatte sie bei der Schilderung des Fluges zumindest ein bisschen verlassen.
„Selbstverständlich werde ich euch anderen den Vorzug lassen", „Natürlich bleibe ich gerne für euch zurück", „Ihr anderen wollt sicher noch viel lieber einmal in einem Flugzeug reisen", „Genau, das dürft ihr euch als einmalige Gelegenheit doch nicht entgehen lassen", so und anders hörte man die vom Mut zurückgetretenen Schafe blöken.

Nicht geringen Anteil an diesen Reiserücktritts-Schafen hatte der Hinweise von Molly Wolli auf den Tower in Deutschland. Einige Schafe der Glencolumbkille–Herde hatten dies wohl nicht so ganz richtig – zumindest phonetisch - verstanden und hatten das Wort „Tauer" heraus gehört.

Mein Gott, wie kalt muss es wohl im eisigen Deutschland sein, dass die dort eigene „Tauer" haben! In Irland waren die Schafe so strenge Winter gar nicht gewöhnt. Das verantwortet dort der nahe Golfstrom, dass die Tiere fast das ganze Jahr auf den leckeren Weiden verbringen können. Nein, ihr schönes - nicht ganz so eisiges – Land, das wollten einige der Schafe nicht verlassen. So war es auch keine Schwierigkeit, dass man sich einigen konnte, wer nun Zuhause bleibt und wer mit nach Deutschland fliegt. Alle Schafe waren zufrieden; die einen freuten sich schon riesig auf das Abenteuer, die zaghaften Schafe waren zufrieden, in Irland die Stellung halten zu können. Und die schon bald fliegende Truppe" machte sich auf in Richtung Donegal, wo „Ben Rattlesnake" und der umgebaute Flieger schon auf sie warteten.

In Deutschland war McGregor auf dem Wege der Besserung. Ihm ging es wirklich schon wieder in kürzester Zeit so gut, dass er schon fast wieder zu Streichen aufgelegt war. Er hatte nach dieser medizinischen Ruhepausenverordnung den erheblichen Drang, etwas zu unternehmen. Da kam es ihm gerade recht, dass ihn auf dem Weg zum Bäcker, wo McGregor ein französisches Landbrot für Helga einkaufen sollte, einer der Nachbarn seiner Straße ansprach. „Na McGregor, du bist ja schon wieder recht munter nach deiner OP. Sag einmal, hättest du – oder besser gesagt ihr – Lust, für einige Nachbarn einen Auftrag zu übernehmen?"

„Na klar, immer doch!" entgegnete McGregor frohgelaunt. „Komm doch gleich mit mir nach Hause. Da können wir mit Bunglass in Ruhe besprechen, worum es geht, und du brauchst nicht alles zweimal erzählen." „Respekt, McGregor, du bist ja auch ein guter Zeitkoordinator, wie ich feststelle. Also, traben wir gemeinsam los."
Auch Bunglass war Feuer und Flamme, wieder etwas Leben in die Hütte zu bringen. Auch er war etwas eingerostet, hatte er doch McGregor selten allein gelassen.

An der Seite eines Freundes wird man doch schneller wieder gesund, hatte Wuulfgeng gesagt, und Bunglass hatte dies dann auch wahr gemacht. Und es hatte auch funktioniert.

Nun hörten die beiden, zu denen sich auch Helga und Wuulfgeng gesellt hatten, dem Nachbarn gespannt zu.

Es war etwas passiert, was sich die Nachbarn in unserer Straße nicht erklären konnten. Die meisten dort sind schon älter und gewohnt, pünktlich am Mittag warm zu Essen. Natürlich reicht dies nicht für den ganzen Tag. Zum Abendessen hatten sich daher einige der Nachbarn Abend-Brötchen bestellt. Diese wurden dann auch pünktlich von einem Bäcker aus unserem Ort gebracht. Wenn niemand zu Hause war, wurde die Brötchen-Tüte einfach vor die Haustür gestellt. An manchen Tagen fehlte einfach ein Brötchen in der Tüte.

Jeder Mensch kann sich mal verzählen oder einfach mal etwas falsch bei einer Bestellung verstehen. Alle hatten mehr als sonst schon aufgepasst, dass die richtige Anzahl Brötchen in der Tüte ist, und es war auch immer so richtig ausgeliefert worden. Doch jetzt war es passiert, dass sogar zwei Brötchen fehlten!

Die Nachbarn waren schon vor Tagen zusammen gekommen und hatten festgestellt, dass dies immer nur passierte, wenn eine Brötchen-Tüte vor die Tür gestellt war, weil niemand zu Hause war. Man wusste zuerst keinen Rat.
Aber jetzt saß ein Nachbar bei Bunglass und McGregor und die wurden mit den Worten „Ihr seid doch sicher auch tolle Detektive.

Könnt ihr vielleicht klären, wie es dazu kommt, dass immer mal wieder ein Brötchen fehlt?" beauftragt, sich um die verschwundenen Brötchen zu kümmern.

Unauffällig harmlos kauten Bunglass und McGregor auf den Grasflächen in den Vorgärten der Straße einen Grashalm nach dem anderen. Wenn es einen bösen Dieb geben sollte, dann käme er garantiert nicht darauf, dass es sich bei Bunglass und McGregor um Detektive im Schafspelz handelt. Dann kam das Auto mit den Abend-Brötchen. Der Fahrer stellte die bestellten Brötchen-Tüten vor die Haustüren oder gab sie direkt den Nachbarn, wenn diese zu Hause waren.
Einige Tage lang passierte gar nichts. Inzwischen hatten sich Bunglass und McGregor einen Freund zu Hilfe geholt, da es für zwei Schafe allein zu viele Häuser in der Straße gibt. Die kann man zu zweit nicht alle im Auge behalten. Der Hilfs-Detektiv war der Nachbar-Hund „Sam". Sam war schon sehr alt. Er hörte fast nichts mehr und war fast total blind. Aber auch Sam fand es einfach schön, im Alter noch zu etwas brauchbar zu sein.

Nun lagen also alle drei Tierchen auf der Lauer! Es sah so aus, als würde auch heute wieder nichts passieren. Da gab es eine Bewegung in einem der Gärten.
Und das war kein Nachbar und auch nicht Bunglass, nicht McGregor oder Sam.

Bunglass und McGregor hatten sehr gute Augen und Ohren. Aber sie konnten es kaum glauben, was sie da sahen! Da huschten doch tatsächlich zwei Eichhörnchen über den Rasen! Die beiden Eichhörnchen schlichen zu einem Hauseingang, vor dem eine Brötchen-Tüte stand. Sie schauten sich vorsichtig um, entdeckten jedoch keine „Menschen". Das eine Eichhörnchen öffnete eine Tüte und nahm ein Brötchen heraus. Das andere Eichhörnchen nahm auch ein Brötchen und verschloss die Tüte wieder, als ob nichts geschehen war.

Jetzt traten zunächst Bunglass und McGregor als Detektive in Aktion!
McGregor rief den Eichhörnchen zu: „ Was macht ihr denn da? Kommt doch einmal her zu uns!" Sam war eingeschlafen und bekam davon nichts mit. Man hörte ihn bis zu den Schafen hin schnarchen.

Die Eichhörnchen hatten sich schnell von ihrem Schrecken erholt. Sie versuchten eilig zu fliehen. Die Brötchen ließen sie aber nicht los. Die Eichhörnchen liefen durch zwei Gärten und sprangen über mehrere Zäune oder huschten unter diesen durch. Die Brötchen hielten sie dabei immer noch ganz fest.

Dann kam der Auftritt von Sam, obwohl er eigentlich noch schlief. Die Eichhörnchen hatten heute zwei besonders große Brötchen erwischt.

Diese Brötchen hielten sie bei ihrer Flucht hoch vor sich in beiden Pfoten. Da sie wegen der Größe der Brötchen nicht über diese hinweg sehen konnten, bekamen sie auch gar nicht mit, dass ein Hund vor ihnen lag. Beide Eichhörnchen stolperten so mit ihren Brötchen über den im Weg liegenden und schlafenden armen Sam.

Sam erwachte jetzt natürlich. Und jetzt waren auch Bunglass und McGregor zur Stelle.

Die Eichhörnchen ergaben sich. Die beiden entschuldigten sich bei Sam und hofften, dass er sich nicht verletzt hatte, als sie über ihn gestolpert sind.

Dann sagte das ältere der beiden Eichhörnchen: „ Es tut uns so sehr leid, was wir gemacht haben. Wir haben es nur getan, weil wir so einen großen Hunger haben und etwas Essen für unsere Kinder brauchen. Wir schämen uns aber dafür, was wir gemacht haben und wissen, dass so etwas nicht richtig ist."

Das andere Eichhörnchen sagte: „ Wir kommen eigentlich aus der großen Stadt. Da gab es früher auch noch genug Essen für uns. Aber nun stehen die meisten Tonnen, aus denen wir früher etwas brauchen konnten, in den Häusern. Wir finden jetzt einfach nicht mehr genug für uns und unsere Kinder. Wir werden von Hunden und Menschen in der Stadt verjagt."

Das ist natürlich eine traurige Geschichte für die Eichhörnchen. Bunglass und McGregor berieten zusammen mit Sam, wie man wohl helfen könnte. Unsere Schafe wollten ihre Gast-Eltern Helga und Wuulfgeng fragen, ob die Eichhörnchen nicht bleiben können.

Platz genug ist ja in den Büschen und Bäumen der Siedlung vorhanden und auch auf der angrenzenden Weide. Natürlich stimmten alle zu. Und als die Nachbarn der Straße hörten, was los gewesen ist, da hatten auch die alle Verständnis für die Eichhörnchen.

So leben also die Eichhörnchen mit ihren Kindern noch heute dort und alle freuen sich immer noch, dass sie helfen konnten. Die beiden erwachsenen Eichhörnchen bekamen nun Namen, damit sie auch gerufen werden konnten. Es gab in einer Trick-Serie mal die beiden Hörnchen, die A und B Hörnchen gerufen wurden. Da diese beiden Namen ja vergeben sind, wurden unsere beiden Eichhörnchen jetzt auf andere tolle Eichhörnchen-Namen getauft. Somit hört man am Abend nun oft den einen oder anderen Nachbarn rufen: „ Abend und Brötchen, kommt zum Essen!"

Damit hatten die beiden Eichhörnchen ihre Namen „Abend" und „Brötchen" bekommen und sie gewöhnten sich sehr schnell daran.

Viele Nachbarn bestellen jetzt extra ein oder zwei Brötchen „mehr". Die sind dann eben für unsere Eichhörnchen.

Eines muss auch noch über Sam gesagt werden. Man hört von vielen immer noch die Geschichte, dass es der „ tapfere Sam" war, der die Eichhörnchen gestoppt hatte. Und dass Sam ja eigentlich geschlafen hatte und die Eichhörnchen über ihn einfach nur gefallen waren, das muss ja auch nicht jeder wissen. Bunglass und McGregor haben bis heute dem nicht widersprochen. Sie sind eben große Gönner und lachen sich auch jetzt noch halb schief, wenn sie mit Sam in alten Erinnerungen schwelgen.

Inzwischen sind unsere Eichhörnchen wieder Eltern geworden. Die Nachbarn haben dafür gesorgt, dass „Abend" und „Brötchen" und all ihre Kinder ein schönes Zuhause haben. Und die Eichhörnchen-Kinder reiten manchmal auf unseren Schafen und spielen friedlich mit allen Tieren unserer Straße auf der Weide.

in Donegal / Irland

Die leidenschaftlichen Flugfans der Schafherde waren angekommen, zumindest schon einmal auf dem Flughafen in Donegal. Es war schlechtes Wetter gemeldet. Deshalb beeilte man sich mit dem Einsteigen. „Ben Rattlesnake" hatte sehr gute Vorarbeit geleistet. Er hatte einen Plan gezeichnet, wie viele Schafe im Flugzeug Platz haben. Molly Wolli hatte dies mit ihm abgestimmt. So war jeder Platz in der Maschine besetzt.

Die Motoren der Maschine liefen bereits. Ein Vibrieren des Flugkörpers war deutlich zu spüren. Auch die Schafe vibrierten, sowohl äußerlich durch die Motoren, als auch innerlich mit etwas flauem Gefühl. Molly Wolli ging durch die Reihen, sprach hier und da ein paar tröstende Worte und dachte sich ihren Teil. In manchen Schafaugen sah sie strapazierte rote Pupillen blinken, gerade wie eine Ampel, die auf Dauerblinklicht geschaltet ist. In machen Schafaugen war ein großes N zu sehen, als ob signalisiert werden sollte „Ich glaube, ich bin wohl in großer Not, warum will ich auch tapferer sein, als ich wirklich bin?"

Ein paar der Schafe lagen sehr weich auf dem ansonsten harten Flugzeugboden. Sie hatten dem Wetter und den Temperaturen in Deutschland wohl nicht ganz getraut.

Sie hatten ihre Skioveralls dabei, auf denen sie sich ausgestreckt hatten und heimlich hofften, dass es nicht allzu viele merkten.

Als dann der Pilot der Maschine auch noch eine Ansprache hielt und fragte „Soll ich auch heute einen Looping drehen, wie ich das eigentlich auf jedem Flug mache?", da wollten einige der Schafe bereits wieder aussteigen, obwohl etliche gar nicht wussten, was ein Looping bedeutet. Man kann ja nicht alles wissen. Man kann ja manchmal nicht vorsichtig genug sein. Einigen Schafen brach bei diesen Looping-Gedanken noch nachträglich der Schweiß aus. Doch die Tür war bereits geschlossen, es ging jetzt los; die letzte Chance zum Aussteigen war vertan. Alle Schafe lagen flach.
Die Vibration ließ etwas nach. Dafür bemerkten die Schafe jetzt ein Rumpeln, das von der etwas unebenen Startbahn kam und von den Rädern direkt ins Flugzeug übertragen wurde. „Du meine Güte, was ist jetzt schon wieder los?" hörte man Schafe aus dem hinteren Flugzeugteil rufen.
Und ein anderes Schaf rief erschüttert, während die Räder des Flugzeugs den Boden verließen: „ Lebe wohl mein schönes Irland!" Molly Wolli und ihre Tochter hatten – zugegeben – auch ein etwas anderes Gefühl im Magen, als sie es sonst gewohnt waren. Wann hebt ein Schaf auch sonst im Leben so ab und gelangt so hoch hinaus.

Die Weidezäune waren jedenfalls ein „Klacks" dagegen. Aber sie mussten jetzt ihre Vorbild-Qualitäten auch beweisen und es auch zeigen. Außer Molly Wolli und Tochter war da noch jemand, dem dieses gelang. Es war „Mutlos", der schon einmal gezeigt hatte, dass er diesem Namen eigentlich gar nicht entsprach. „Freunde", rief er: „Wir werden dies alles gut überstehen. Freut euch doch jetzt schon einmal auf das Wiedersehen mit Bunglass und McGregor. Sollte wirklich etwas passieren, so sterben wir doch alle gemeinsam unter Freunden."

Hatten die anderen Schafe bei diesen beiden ersten Sätzen von Mutlos schon wieder etwas Farbe ins Gesicht bekommen, so war der letzte Satz von Mutlos leider sehr kontraproduktiv. Die gerade erst erschienene Röte in den Gesichtern wich schlagartig und wandelte sich wieder in eine fahle Blässe.

Mutlos gab sich selbst einen Hieb in die Seite; kaum ausgesprochen, hatte er seinen Fehler bemerkt, dass er mit seinem letzten Satz zu weit gegangen war. Um dies nicht noch mehr zu vertiefen, schwieg er lieber und schloss die Augen. Doch irgendwie konnte er das nicht mehr gut machen. Schließlich wurde er jetzt von vielen Schafaugen beobachtet, und als er auch noch die Augen schloss, da dachten sich einige der Schafe „Na, dann mal gute Nacht!"

Der Pilot der Maschine riss alle Schafe aus ihren Träumen, egal welcher Art die auch immer waren. „Ich begrüße euch und möchte euch mitteilen, dass uns ein sehr ruhiger Flug erwartet. Zumindest die Wettervorhersage ist dementsprechend freundlich. Weiter kommt hinzu, dass mich euer Freund „Ben Rattlesnake" darum gebeten hat, den gestrigen Abend vor unserem heutigen Flug nicht im Pub zu verbringen. Es war schwer, aber was macht man nicht alles für so einen ungewöhnlichen Auftrag wie heute. Also, wenn ihr alle schön brav auf euren Plätzen liegen bleibt, so sollte nichts mehr schief gehen und wir werden gegen Mittag in Deutschland landen – einen guten Flug noch!"

Die Stimmung wechselte sofort schlagartig in höhere Gefilde. Obwohl, bei den Gedanken an einen Pub bekamen doch einige der Schafe bereits jetzt schon etwas Heimweh. Doch nach und nach vertrieb die Aussicht auf das Wiedersehen mit Bunglass und McGregor auch diese Gedanken. Schließlich war man ja auch unterwegs und hatte ein Geheimnis dabei, zumindest für McGregor und natürlich besonders für Bunglass.

Jetzt kam auch noch einmal „Ben Rattlesnake" ins Spiel, der zum Gelingen dieses Unternehmens zwar schon viel dazu beigetragen hatte, dem aber dennoch eine weitere Aufgabe übertragen worden war.

In Deutschland - etwa zur Zeit des Startes in Donegal - randalierte das Handy von Bunglass. „Ben Rattlesnake" aus Irland war am anderen Ende der Leitung. Höchst erfreut, ihn wieder einmal zu hören, geriet Bunglass bei den folgenden Worten aus Irland fast geradezu aus dem Häuschen.

„Bunglass, alter Freund! Ich habe dir eine Nachricht zu übermitteln, die dich sicherlich sehr überraschen wird. Was ich dir zu sagen habe, das wird auch deinen Freund McGregor begeistern. Ich weiß, es ist schon zeitlich etwas überraschend, denn es duldet keinen Aufschub, dass ihr euch sogleich auf den Weg zu eurem nächsten Flugplatz im Münsterland macht. Ihr werdet Besuch bekommen!"

McGregor kam ins Zimmer und mit Blick auf das überraschte Gesicht von Bunglass war seine besorgte Frage: „Wer ist denn am anderen Ende der Leitung? Ist etwas passiert?"

Bunglass` Gesichtsausdruck wechselte und schaltete auf Begeisterung um. „Du wirst kaum glauben, wer am anderen Ende ist. Irland hat uns nicht vergessen!" Bunglass schaltete jetzt auf den Lautsprecher um, damit auch McGregor den weiteren Verlauf des Gesprächs verfolgen konnte.

So erfuhren sie, dass ein großer Teil der Herde aus Glencolumbkille per Flugzeug zu ihnen unterwegs war. Bunglass und McGregor erzählten das sofort Helga und Wuulfgeng.

Sofort machten sich die Vier auf den Weg, Kater Moritz hielt zu Hause wieder die Stellung. Was er da gehört hatte, stimmte ihn doch sehr nachdenklich. Nach kurzem Nachdenken legte er sich jedoch wieder in seinen gemütlichen Korb. Hinter dem Haus war schließlich eine große Weide. Da würde ihm kein weiteres Schaf seinen Platz im Haus wegnehmen. Und auch um sein Futter würde es sicher auch weiterhin gut bestellt sein, das hatten zumindest Bunglass und McGregor ja bis jetzt bewiesen.

McGregor und Bunlass sprangen eilig bei Ankunft am Flughafen aus dem Auto, während ihre Gasteltern noch einen freien Parkplatz im Parkhaus suchen mussten. Die beiden Schafe waren einfach nicht mehr zu halten. Sie waren mehr als neugierig. Wer würde denn da genau eintreffen. Mehr – als dass Freunde unterwegs waren – hatte der gute „Ben" nicht verraten.

Merkwürdiges spielte sich am Flughafen ab. Reisende und Personal spürten, dass etwas „besonderes" in der Luft lag. Die Anwesenheit von Schafen im Terminal fiel schon etwas aus dem üblichen Rahmen, auch wenn dort schon Olympia-Pferde „gelandet" waren.
In der Ankunftshalle warteten Bunglass und Mc Gregor. Natürlich fielen sie dort sehr auf, nicht nur wegen der sichtlichen Nervosität, die für sie eigentlich ungewöhnlich war. Ein Spruchband irritierte alle Anwesenden.

„ <u>Welcome friends of Glencolumbkille!</u> "

Dieses Spruchband hatte der Chef von „Ben" in Donegal in Auftrag gegeben. Und es hatte geklappt. Es machte ordentlich Eindruck.

Räder und Landeklappen ausgefahren, war der Flieger aus Donegal gelandet. Wissentlich und ahnungsvoll den eventuell auftretenden Schwierigkeiten zuvor kommend, war der Flieger nicht zum Terminal gerollt, sondern auf der Piste stehen geblieben. Kaum war eine Tür geöffnet und eine Rampe angelegt worden, so stürmte die irische Reise-Schaf-Truppe heraus, als ginge es gegen Cromwell zu ziehen. Die Schafe stürzten sich hemmungslos auf das Gras rechts und links der Piste. Der gesamte Flugverkehr musste für ungefähr eine Stunde eingestellt werden. Völlig ausgehungert waren die Schafe, vom Flug und den langen Zollformalitäten in Irland.(Erklärung: Es handelt sich um die EU - Flugtransport –

Bestimmungen für ausreisende Schafe, die mit der Option auf Wiedereinreise ins nichtkommunistische Ausland reisen) Die Schafe ließen kein Gras mehr am Halm. Manche Schafe dachten, wäre die Landebahn nur etwas länger, so gäbe es auch rechts und links davon mehr Gras, wäre zumindest doch logisch.

Der Flughafenchef fand diese Landung revolutionär. Und dass sich auch Schafe eine längere Landebahn wünschten, das fand er besonders toll; war es doch schon lange Zeit sein eigener Wunsch - allerdings nicht wegen dem Gras rechts und links neben Start- und Landebahnen.

Er machte Bunglass, McGregor und deren Besuchern den Vorschlag, eine Führung durch das Terminal zu arrangieren. Die Piste blieb außen vor, man wollte nicht noch einmal ein Ausflippen am Graspistenrand riskieren.

Am meisten Spaß hatten die Tierchen am Gepäckförderband. Sie fuhren darauf Karussell, nicht ohne ihnen natürlich vorher einen Strich-Code auf das Fell zu drucken. Schließlich sollten sie nicht in den Weiten der Hallen verloren gehen, sondern an einem bestimmten Treff-Punkt wieder vereinigt werden.

E i n Schaf ist wohl immer dabei, dem der Spruch vom „dummen" Schaf zu verdanken ist. So war es auch hier wieder einmal der Fall.

Murphys Gesetz kam auch hier zur Anwendung.
(Murphys Gesetz = Zitat: „Was passieren kann, passiert!")

Wir lassen dieses hier gemeinte Schaf lieber namenlos, um es nicht weiter zu diskriminieren. Auf jeden Fall stellte es sich so dumm an, dass es sich bei ungeschickten Verrenkungen wohl den Strich-Code zerkratzte. Es wurde dadurch nicht zum geplanten End-Treff-Punkt, sondern auf das Band für den Direktflug nach Dubai geleitet.

Oh nein, dort würde es doch wegen Grasmangel glatt verhungern! Zum Glück beherrschte die Aufsicht die Übersicht. Ein paar Kommandos von der Leitstelle wurden gegeben. Das irre geleitete Schaf legte ein paar Sonderkurven ein. Nach einigen Irrungen und Windungen in den großen Hallen auf zahlreichen Gepäckbändern traf unser inzwischen etwas panisch angehauchtes Schaf doch noch am „Ziel" ein. Die anderen Schafe hatten sich dies alles auf den Monitoren der Sicherheit angeschaut. Teilweise hatten sie sich schlapp gelacht, auf dem Boden gewälzt, bis dann doch teilweise Kummer- und Sorgenfalten auf den Gesichtern erschienen waren. Jetzt lagen sich alle in den Hufen und feierten die Befreiung aus den Fängen, Klappen und Greifern der Anlage. Dies wurde wie ein Sieg über die Technik gefeiert. Da ja die Reiseverpflegung inzwischen vollständig aufgebraucht war, musste Nachschub her.

Da bot sich doch wie eine Ringel-Taube der Shop am Flughafen an. Hier gab es auch genau die Sachen, die jedes irische Schaf braucht, Guinness. Dem ungewohnten Bild der einkaufenden Schafe stand haltend, aber nicht den gesetzlichen Bestimmungen fehl handelnd, wurde vor Abgabe der Ware gefragt, ob man auch schon 18 ist.

Darüber konnten die Schafe erst nur meckern, aber nach der Hochrechnung der Daten im Vergleich zu Lebensjahren von Menschen war auch dieses Problem sofort gelöst.

Inmitten der ganzen Meute fiel Bunglass erst jetzt auf, dass ihm irgendetwas fehlte. Lange brauchte er nicht nachzudenken, dann kam er darauf, dass Molly Wolli nicht zu sehen war. Als ihm dies durch den Kopf ging, bemerkte er, dass ihm dies ganz und gar nicht egal war.

Bunglass sah zu McGregor hinüber und fragte: „Sag mir mal McGregor, hast du irgendwo Molly Wolli gesehen? Bei diesem ganzen Durcheinander auf den Gepäckstraßen habe ich sie jedenfalls nicht erkannt." McGregor sah Bunglass irgendwie seltsam amüsiert an, meinte Bunglass jedenfalls. Dann erklärte sich McGregor: „Bunglass, du wirst heute eine sehr schöne Überraschung erleben. Ich habe aber kein schlechtes Gewissen, dass ich mehr als du weiß, denn ich habe es auch erst heute am Morgen erfahren.

Du wirst sicher gleich erfahren, was wirklich los und der wahrhaftige Grund dieses Besuches bei uns ist. Ich bin schon sehr gespannt auf dein Gesicht!"

Bunglass sah man die Spannung direkt an. Geheimnisse war er von McGregor ihm gegenüber ja nun gar nicht gewohnt. Was – zum Henker - sollte denn noch passieren? Bunglass blickte in alle Richtungen, Molly Wolli konnte er aber immer noch nicht erspähen. Eine ganze Damenriege der Herde stürzte sich auf McGregor, und der fragte sich „warum denn dieses?". Und Bunglass fragte sich „„und ich?". Dann ging ein Raunen durch die Ankunftshalle und alle Schafe schauten im selben Augenblick auf den Bereich, wo die Fluggäste durch den Zoll kamen.

S i e hatte ihren Auftritt – ganz großes Kino! Molly Wolli schritt wie eine richtige Lady durch den Zoll und auf die wartenden Schafe zu. Offensichtlich hatte sie sich nicht an den Rundfahrten im Gepäckbandbereich beteiligt. Vielleicht war es der große Schrankkoffer, der sie daran gehindert hat und den ein freundlicher Zollbeamter jetzt hinter Molly Wolli herzog. In dem befand sich aber nicht ihre Kleidung für ein halbes Jahr, es waren dort Geschenke aus Glencolumbkille darin, für Bunglass, McGregor und deren Gasteltern. Sogar für Kater Moritz war etwas dabei. Aber es war noch etwas ganz anderes.

Molly Wolli wollte es mit der „besonderen" Überraschung ganz spannend machen. Wir wissen ja seit einigen Seiten als Leser/als Leserin schon weit mehr als Bunglass! Also, während Molly Wolli nun direkt auf Bunglass zu marschierte und dessen Gesicht immer aufgeregter wurde, da registrierte Bunglass auch Molly Wollis frisch lackierte Hufe, die dezente Schminke im Gesicht – einen richtigen Schmollmund hatte sie gezaubert - das frisch gestylte Fell und die Sonnenbrille. Bunglass wurde immer kribbeliger.

Er wusste in dem Moment, das ihm trotz der schönen Zeit mit McGregor in Deutschland etwas sehr wichtiges gefehlt hatte – und das war nun eindeutig Molly Wolli. Die Schafe aus Glencolumbkille richteten allesamt ihre Augen auf Bunglass. Dem fielen seine Augen fast aus den Höhlen, als er bemerkte, dass da außer Molly Wolli, dem Schrankkoffer – an dem der Zöllner hing – auch noch etwas anderes auf ihn zu kam. Bunglass entdeckte, dass hinter dem großen Koffer ab und zu etwas auftauchte, dass ebenfalls eindeutig ein Fell hatte, schneeweiß, aber viel kleiner als Molly Wolli. Die Schafe – einschließlich McGregor – konnten nun kaum mehr ihre Hufe still halten.

Der Koffer stand nun fast direkt vor Bunglass. Molly Wolli sah ihn so an, dass er fast alles herum vergaß, wenn da nicht wieder dieses „weiße Etwas" hinter dem Koffer hervor lugte.

Molly Wolli machte einige Schritte auf Bunglass zu, umarmte ihn so, wie es in jedem romantischen Film nicht besser sein könnte, und Bunglass hätte fast angebunden werden müssen, um nicht davon zu schweben. Hand in Hand gingen die beiden zum Koffer.
Die anderen wartenden Schafe stöhnten vor Entzücken auf, was in der Empfangshalle in ein mehrfaches Echo überging. Dann schauten die beiden Hauptdarsteller dieses Stückes hinter den Koffer.

Ein wenig schüchtern im ersten Augenblick, dann vor Freude regelrecht strahlend und explodierend rief das wollige kleine Geschöpf:
„P a p a ! "
Nur dieses eine Wort war es, aber es reichte, um jegliches Geräusch im Terminal zum Schweigen zu bringen. Auch alle Schafe waren verstummt, was einigen immens schwer fiel. Alle warteten auf das erste Wort von Bunglass. Man könnte meinen, Bunglass suchte nach einem neuen Wort, das erst erfunden werden müsste. Es dauerte beinahe eine Ewigkeit.

Die Stille wurde doch so nach und nach vom Hufe scharrenden Schafsvolk ausgeblendet, aber für einen Flughafen war es nach wie vor sehr still, hatte man sogar Landen und Starten eingestellt?

Bunglass kniete nieder und nahm das kleine kuschelige Wesen in die Arme.

Schlagartig fiel die gelungene Überraschung nun von ihm ab. Wie ein Blitz durchzuckte ihn die Vergangenheit, der letzte Besuch in Glencolumbkille, die Zeit mit Wolly Molli und das Gefühl einer ungekannten Sehnsucht, die ihn die ganze Zeit beschäftigt hatte. Vor ihm stand das Ergebnis dieser schönen Erinnerungen - Bunglass war soeben Vater geworden!

Molly Wolli, Bunglass und seine Tochter wollten sich anscheinend gar nicht wieder los lassen. Nach einiger Zeit applaudierten alle anwesenden Schafe, und selbst die Menschen im Terminal, die dies alles gar nicht fassen konnten, schlossen sich dem an. Ein Reporterteam hätte mit diesem Ereignis sicher so einige Seiten von Magazinen füllen können. Es gab allerdings wohl keine Kamera im ganzen Ankunftsbereich, die nicht unentwegt Bilder aufnahm, schließlich würde man das kaum glauben, würde man es nur erzählen.

„Du meine Güte", sagte Bunglass, nachdem er einigermaßen seine Stimme wieder gefunden hatte. „Ich könnte mir kaum ein größeres Glück vorstellen, wie es hier in diesem Augenblick passiert. Warum aber sagt ihr mir erst jetzt, dass ich eine Tochter habe und wie heißt sie überhaupt?"

„Lieber Bunglass", antwortete Molly Wolli und blickte ihn liebevoll an. „Es sollte eine große Überraschung werden. Im ersten Augenblick war ich mir nicht ganz im Klaren darüber, wie so ein großer Abenteurer wie du darüber denkst, Vater zu werden. Und du warst ja auch so weit weg. Dieses Simsen oder nur per Mail miteinander kommunizieren, was die Menschen leider wohl gar nicht mehr anders können, das liegt mir eben einfach nicht. Ich wollte es dir persönlich sagen."

„Und das ist auch gut so", sagte Bunglass. „Ich spreche auch nicht gerne nur mit einem Plastikteil. Wenn ich in deine Augen sehe, da könnte ich ... „ – mehr fiel ihm im Augenblick nicht ein. Dann wandte sich Bunglass den anderen angereisten Schafen aus Glencolumbkille zu, nicht ohne McGregor mit einem Kopfschütteln zu bedenken, wenn auch übers ganze Gesicht grinsend.

„Ihr seid mir ja eine schöne heimliche Truppe. Wie habt ihr das eigentlich geschafft, dass nicht einer von euch diese ganze Sache verraten hat? Hat euch Molly Wolli jeden Abend mit kostenlosem Guinness versorgt?"

Nun brach es aus den Schafen nur so hervor. Bunglass konnte gar nicht alles verstehen, so durcheinander sprachen viele der Schafe fast gleichzeitig zu ihm. Er musste sich schon sehr sortieren, wollte er auch nur einige Antworten rein akustisch verstehen. Außer den vielen Worten schallte auch immer wieder der laute Ruf durch den Terminal „Määähhh, määähhh, määähhh.

Es dauerte schon einige Zeit, bis die Begrüßungszeremonie im Terminal abgeschlossen war. McGregor und Bunglass berieten sich, wie denn die Reise zu ihnen nach Hause und zu ihren Gasteltern gestaltet werden sollte. Da schaltete sich der Chef des Flughafens ein. Natürlich war auch er völlig fasziniert, was da eben vor seinen Augen statt gefunden hat. Er machte allen Schafen den Vorschlag, einen Bus zur Verfügung zu stellen, der sie alle zusammen zu ihrem Ziel bringt.

Das wurde sofort angenommen, und nachdem Bunglass und McGregor den schon wieder hungrigen Schafen von der saftigen Wiese hinter dem Haus ihrer Gasteltern erzählt hatten, machten sich alle auf die Reise.

N a c h der Ankunft der Bunglass-Heimat-Truppe hatte sich doch noch einiges ereignet. Die ganze Sache hatte sich wohl ziemlich weit herum gesprochen. Ein Flieger nach dem anderen wollte mit Schaf-Gruppen aus den verschiedensten Gebieten Irlands und Schottlands im Münsterland landen. Alle wollten Bunglass und Mc Gregor besuchen und erleben. Sogar aus Neuseeland wollte eine Abordnung anreisen.
Diese Auswirkungen von Bunglass und Mc Gregor als Magneten für die Luftfracht-Reise-Gruppen schlugen sich auch als Meldung in einer überörtlichen Zeitung nieder. Zitat der Westfälischen Nachrichten Münsterland:

„Münsterländer Flughafen sieht sich im Aufwind. Im Luftfrachtverkehr verbuchte der Flughafen im vergangenen Monat ein Plus von 30 Prozent." Nicht gesichert ist, ob Kater Moritz, Bunglass, Mc Gregor und ihre Freunde am Projekt „Flughafenerweiterung" eine Beteiligung anstreben.

Am Zielort angekommen, trabten alle Schafe erst einmal geschlossen auf die Wiese. Helga und Wuulfgeng waren schon vorgefahren und hatten dafür gesorgt, dass auch Wassertröge für die Herde aufgestellt waren. Dafür waren die Schafe auch sehr dankbar.

Der Tag klang langsam aus, aber an Schlaf war bei allen noch nicht zu denken. Zuviel gab es zu erzählen. Vor allem Bunglass, McGregor, Molly Wolli und die gemeinsame noch namenlose Tochter konnten nicht voneinander lassen. Natürlich wurde auch das Thema „Name" angesprochen. Schließlich wollte man doch Bunglass` Tochter auch richtig ansprechen können. Darüber wollte man aber erst später ausführlich beraten. Allen wurde aufgetragen, sich schon einmal Gedanken darüber zu machen. Und man war gespannt, was dann dabei heraus kommen würde. Zuletzt – es war Mitternacht vorbei - waren auch die restlichen Schafe müde genug, um sich zur Nachtruhe zu betten. Die Wiese bot reichlich Gras, daran würde man noch eine ganze Weile knabbern. Noch reichte es als angenehme Unterlage für einen erholsamen Schlaf nach der doch ungewohnten und anstrengenden Reise.

Morgen, ja Morgen würde man dann weiter sehen!

Und dann war der Morgen auch schon da, viel zu früh – so meinten einige Schafe und blinzelten deshalb noch halb verschlafen in die Runde. Nach einem kräftigen Frühstück ging es aber schon wieder halbwegs und man blickte dem Tag entgegen, was der wohl bringen mag.

Bunglass und McGregor wussten, dass eine fremde Herde am Ortsrand auf der Wiese vor dem Kreisverkehr Pause auf ihrem Marsch ins nächste Gras-Schlaraffenland machte und meinten: „Jungs und Mädels, wir sollten die Völkerfreundschaft pflegen und die anderen Kollegen und Kolleginnen besuchen, solange sie noch hier in der Nähe sind." Dies wurde dann auch sofort in die Tat umgesetzt. Es gab natürlich ein großes „Hallo!", als Irland, Schottland und Deutschland sich zu einem sehr großen Wollknäuel vereinigten. Es wurde rege diskutiert, welche Länder für Schafe wohl die leckersten und feinsten Gräser haben. Bunglass und McGregor hatten da einen schönen Einfall. Sie luden die des Ortes unkundigen Schafe zu einer Ortsbegehung ein.

Natürlich war es auch hier bei diesem Treff wieder sehr spät geworden. In so einem kleinen Ort, der aber immerhin viertausend Einwohner hat, ist nach 23 Uhr natürlich niemand mehr auf den Straßen.

So hatten dann alle Schafe auch sturmfreie Bude für ihr Vorhaben.

An beiden Rand-Seiten fehlten nach ihrem Rundgang allerdings hinterher alle Blüten und Blätter der Blumenkästen, die unsere schöne Ortseingangs-Brücke schmückten. Ach ja, die Brötchen, die schon für das nächste Frühstück ausgeteilt und vom Bäcker-Lieferanten vor die Türen gestellt waren, die gab es eben auch nicht mehr zum nächsten Frühstück. So ein Rundgang macht eben hungrig. Und etwas Schwund ist immer, sagt man nicht nur hier. Mit einem ausgiebigen Bad im Fluss Werse im Ort kühlten sich die Schafe von ihrem Übermut ab.

Dann wurde der Ortsrundgang abgeschlossen und man machte sich allgemein wieder auf den Weg zur Wiese am Kreisverkehr. Hier gaben Bunglass und Mc Gregor noch einmal alles und natürlich noch eine Sonder-Einlage aus ihrer Heimat, den Links-Verkehrs-Ländern".
Wie vermutet, man spielte hier mal eben kurz „Links-Verkehr", was hiermit strengstens zum Nachahmen nicht empfohlen wird und auch verboten ist!

Auf Kommando von Bunglass hieß es nun, den Kreisel eben links rum zu umkreiseln.

Bei jedem Versuch wurden es dann auch immer weniger, die im gewohnten Trott doch noch rechts herum trabten. Und nach dem elften Versuch war es nur noch e i n Schaf, das sich etwas unbegabt anstellte.

Natürlich waren unsere Schafe inzwischen so begeistert von diesem Spiel, dass unser unbegabtes Schaf gnadenlos von den übermütigen Schafen niedergemäht wurde, bis es sich auch endlich dazu entschloss, die für alle „in dieser Nacht" richtige Richtung einzuschlagen. Ein Grund dazu waren wohl auch die Kopfschmerzen von den vielen Zusammenstößen.

Die Stampede der Schafe am Kreisverkehr hatte auch durch das laute und anfeuernde Blöken die Bewohner der nahen Siedlung aufmerksam werden lassen. Aus Angst, die Hells-Angels könnten am Kreisel ihre Jahres-Hauptversammlung abhalten, hatten sie nach der Obrigkeit gerufen.

Natürlich hatte Bunglass Wachen aufstellen lassen. Die meldeten sofort zackig die nahende Gefahr.

Mit dem Ruf „Schnell zurück ins Gatter, aber hoppig jetzt !" räumte die Schaf-Armee, auf eine solche war die ursprüngliche inzwischen durch weiteren begeisterten Zulauf angewachsen, die Straße. Friedlich kauend waren alle wieder im Gatter und trübten kein Wässerchen.

Möglichst leise verabschiedeten sich Bunglass, Mc Gregor und ihre irischen Freunde nun von allen ihren neuen Freunden und schlichen nach Hause zurück. Auch dort ahnte man nichts.

Nur stand am nächsten Tag ein merkwürdiger Artikel in der Zeitung über seltsame Vorgänge in der Nacht am Kreisverkehr.

Etwas misstrauisch schauten Helga und Wuulfgeng Bunglass und McGregor wohl an, denn denen ging ständig ein Grinsen kaum mehr aus dem Gesicht. Man hörte auch von anderen Leuten im Dorf die Sage, dass sich noch in der Nacht und am frühen Morgen Schafe einzeln oder in kleinen Gruppen im Ort herumgetrieben hatten – wahrscheinlich auf dem Weg zurück zur eigenen Weide.

Bunglass und Mc Gregor freuten sich schon auf die nächste Begegnung mit einer weiteren Herde und hatten auch schon wieder Ideen für die „nächste Party"!

Heute stand ein wichtiges Ereignis an. Die Terrasse an der Weide war voll besetzt. Anwesend waren nicht nur die Gastgeber Helga und Wuulfgeng, sondern auch natürlich Bunglass, McGregor, Molly Wolli, ihre Tochter und eine Abordnung der Schafe aus Glencolumbkille. Alle hatten sich Gedanken darüber gemacht, wie „das kleine wollige Etwas" zu seinem Namen kommen sollte.

Bunglass meldete sich zuerst: „Bevor ihr eure Vorschläge macht, möchte ich doch noch wissen, wie diese Namensgebung, die wohl mit der Taufe verbunden wird, vor sich geht. Was genau geschieht also bei einer Taufe?"
Helga erklärte lachend: „ Bei uns Menschen hat dies alles auch etwas mit dem Glauben zu tun. Es gibt da verschiedene Möglichkeiten, die aber für euch – soweit ich das bei der Vorabsprache verstanden habe – nicht relevant ist. Kommt es dann zu einer Taufe, versammeln sich die Eltern mit ihrem Kind zusammen mit Familienangehörigen und Freunden in einer Kirche. Zur Taufe gehören auch noch Taufpaten, die die Schirmherrschaft über das neue Menschenkind übernehmen. Dann spricht ein Angehöriger der Kirche über verschiedene Dinge.
Meistens werden von allen Anwesenden auch Lieder gesungen, und es spielt eine Orgel dazu. Eine Orgel ist ein sehr großes Instrument, das den ganzen großen Kirchenraum mit seinen Klängen erfüllen kann.

Zum Ende des Gottesdienstes kommt dann die eigentliche Taufe, bei der dem Kind etwas geweihtes Wasser über den Kopf geträufelt wird. So läuft eine Taufe bei uns Menschen ab, den Namen bekommen wir allerdings schon gleich nach der Geburt."

„Jesus", meinte Bunglass: „Das war sehr ausführlich. Das mit dem Singen und dem Instrument finde ich sehr schön. Schließlich haben wir Iren sehr viel für Musik übrig; es gehört eigentlich zu unserem Leben. Unsere Menschen in Irland sind sehr gläubige Menschen, und die Taufe wird da wohl ähnlich wie bei euch ablaufen, denke ich jedenfalls. Als Schaf kann man sich ja nicht um alles kümmern."

Molly Wolli seufzte laut auf, und alle schauten nun voll konzentriert auf sie, als sie begann: „Auch mir gefällt diese sogenannte Taufe sehr gut. Wir wollen sie hier als „Namensgebungs-Feier" begehen.

Das ist ja auch der eigentliche Grund unserer Reise, dass Bunglass erfährt, dass er Vater geworden ist und dass „das Kind einen Namen" bekommt.

Wie organisieren wir dies aber alles? Hat jemand gute Vorschläge?"

McGregor meldete sich: „ Folgendes möchte ich anmerken. Wir sind ja eine sehr große Gruppe mit allen hier Anwesenden und den Freunden auf der Weide. Hinzu kommt, dass dies für uns alles auch neu ist. Damit das alles großartig klappt, sollten wir vielleicht ein Komitee bilden, das alle Aufgaben und die Koordination übernimmt. Dafür stehe ich natürlich auch sehr gerne zur Verfügung."
Jetzt meldete sich der Schafälteste der Weide-Schafe: „Auf uns könnt ihr rechnen. Ich schlage vor, ein paar von uns setzen sich mit McGregor zusammen und beginnen mit der Vorbereitung und Planung. Ihr anderen könnt es ruhig angehen lassen. McGregor sollte den Vorsitz übernehmen." Bunglass übersetzte alles.
McGregor blickte in die Runde. Er sah nur Zustimmung in den Gesichtern aller Anwesenden.
„Gut so", sagte er dann: „Da ich eure Zustimmung spüre, nehme ich gerne an. Wir sollten uns noch darüber Gedanken machen, wer denn die Paten sein sollen. Dies – auch wenn wir so etwas nicht kennen – sollten wir von euch Menschen ruhig übernehmen, weil ich es für eine gute Sache halte."

Molly Wolli machte den ersten Vorschlag. „Lieber McGregor, ich spreche auch im Namen unserer Tochter, wenn ich darum bitte, dass du einer der Paten bist. Den zweiten Paten hätte ich auch gedanklich schon im Blick.

Es ist mir aufgefallen, dass wir ein mutiges und kluges Bürschchen unter uns in der Herde haben. Ich würde vorschlagen, dass es „Mutlos" ist, der für den zweiten Paten vorgesehen wird."

Wenn man genau hinsah, konnte man eine leicht ansteigende Röte im Gesicht von „Schaf noch namenlos" bemerken. Auch hier war dieser Vorschlag also positiv aufgenommen worden. Menschen und Tiere einstimmig vereint, sich gemeinsam auf das kommende Ereignis freuend, so wünscht man sich die Welt. Es geht doch!
Der „Vergnügungsausschuss" nahm seine Arbeit auf und tagte viele Stunden.

Vergnüglich schien es wirklich zu sein, denn zwischendurch tönte immer wieder lautes, fast menschliches Lachen über die Weide und die Worte „ Genauso machen wir das!" hallten bis ins Wohnzimmer von Helga und Wuulfgeng.

Zwei Tage und Nächte vergingen. Geschäftiges Treiben war auf der Weide zu bemerken. Am dritten Tag klopfte es an der Haustür.

Molly Wolli und ihre Tochter standen dort und wurden sofort herein gebeten. Molly Wolli sagte: „Wir möchten einmal hören, ob euch ein schöner Name für unsere Tochter eingefallen ist. Wir haben da schon einige Vorschläge von unseren Schafen gehört.

Der Knüller ist aber noch nicht dabei." In diesem Moment kamen auch Bunglass und McGregor herein. „Ich habe die letzten Worte gehört", sagte Bunglass. „Die Freunde auf der Weide haben sich wirklich recht Mühe gegeben." Und McGregor ergänzte: „Das stimmt, aber so recht überzeugt sind wir nicht, was Molly Wolli?"

„Nein, wahrhaftig nicht, obwohl doch einige schmeichelhafte Namen dabei sind.
So wurde zum Beispiel „Sugar Baby" genannt, weil meine Kleine so süß ist. Weiter ging es da um „Lucky Cloud", weil sie wie eine Wolke über die Weide schwebt; auch „Snowy" wegen dem schönen weißen Fell wurde erwähnt. Ein ganz besonderer Name wäre auch „Lovely Secret", weil wir doch alles so geheimnisvoll gemacht haben."

„Nun denn", mischte sich jetzt Wuulfgeng ein. „Da sind schon ein paar nette Namen dabei, aber könntet ihr euch denn auch mit einem deutschen Namen anfreunden? Ich meine ja nur, weil die Taufe morgen hier erfolgen soll, sozusagen als Höhepunkt eurer Reise."
Bunglass und Molly Wolli tauschten mit ihrer Tochter einige kurze Blicke aus, dann war an ihren freudigen Gesichtern zu sehen, dass dem wohl nichts entgegen stand. „Warum eigentlich nicht", sprudelte es aus Bunglass heraus. „Wir sind hier alle Gäste von euch. Eine Taufe, die hat es in unserer Herde noch nicht gegeben.

Da dies wirklich für uns alle etwas wirklich Neues ist, warum sollen wir da nicht auch neue Wege gehen und einen deutschen Namen für unsere Tochter auswählen. Wir könnten uns damit auch besonders bei euch und für eure Freundschaft und Gastfreundschaft bedanken."

„Habt ihr denn etwas vorzuschlagen?" sagte Molly Wolli. Jetzt schauten sich Helga und Wuulfgeng einige Augenblicke lang an.

„Wir könnten uns vorstellen, dass eure Tochter mit einer Schneeflocke vergleichbar ist. Sie hat wirklich ein sehr weißes Fell und schwebt wie eine Flocke, wenn sie trabt. Da haben sich eure Freunde auf der Weide schon etwas Schönes ausgedacht, wie ihr vorhin deren Vorschläge erzählt habt. Wir hätten einen Vorschlag.

Wenn ihr für die Gedanken eurer Freunde ein passendes deutsches Wort sucht, wie wäre es dann mit dem Namen „Flöckchen", was meint ihr dazu? Der Name muss euch allen aber wirklich gefallen."

Das Strahlen von Molly Wolli, Tochter, Bunglass und McGregor machte eigentlich eine Antwort überflüssig, dennoch verkündeten fast alle gleichzeitig wie aus einem Munde: „Diesen Namen finden wir sehr schön. Er entspricht wirklich gesammelt allen Eindrücken, die wir bisher gehört haben. Wir sollten „Flöckchen" nehmen."

Ein paar weitere Tage später war es dann soweit. Das Planungskomitee hatte großartige Arbeit geleistet. Alle Schafe hatten mitgeholfen, dieses Fest auf die Beine zu stellen. An der einen Seite der Wiese hatten sie – bewaffnet mit Schaufeln und Hacken – einen Erdwall erschaffen, der eine Tribüne darstellt.
So hätten alle einen guten Blick auf die Dinge, die denn da kommen sollen. Außer einem gut gefüllten Heuwagen, den die Landwirte im Ort gestiftet hatten, waren auf der Weide viele Wassertröge aufgestellt. Damit die heimatliche Sehnsucht der Schafe aus Glencolumbkille nicht zu groß wurde, bestand der Inhalt einer der Tröge aus Guinness. Bevor dieser Spezialtrog aber frei gegeben wurde, sollte die Namensgebung erfolgen. Es war ein feierlicher Augenblick. Alle waren da, niemand hatte sich krank gemeldet. In der Mitte stand die Tochter von Molly Wolli und Bunglass. Links und rechts neben ihr standen die Paten McGregor und Mutlos.

McGregor ergriff feierlich das Wort: „Es ist ein wunderschöner Tag, die Sonne hat es wirklich sehr gut mit uns gemeint. Alle seid ihr hier versammelt, liebe Freunde. Aber die Hauptperson ist nun einmal dieses Schafkind hier."

Und zu diesem gewandt: "Alle hier geben dir – durch mich ausgesprochen – deinen Namen „Flöckchen". Wenn du mal älter wirst, kann ja eine richtige Flocke daraus werden.

Doch im Augenblick passt dieser Name sehr gut zu dir. Meine Güte, du bist jetzt schon so hübsch, dass – wenn das so weiter geht – man glatt einen zusätzlichen Zaun um dich herum ziehen muss, um deine Verehrer im Zaum zu halten!"

Ein großes Gejohle war die Antwort auf der Weide. Die Schafe klopften sich die Schenkel, und auch Helga, Wuulfgeng und Kater Moritz kamen aus dem Lachen kaum wieder heraus.
„Eine tolle Rede, die hätte von mir sein können", sagte Bunglass, sich immer noch vergnügt schüttelnd.

Auch Molly Wolli und „Flöckchen" schlossen McGregor in die Arme. Auch Mutlos kam nicht zu kurz. Bei dem dauerte es fast noch länger, glaubten einige jedenfalls.
Und jetzt ging es Schlag auf Schlag. Helga und Wuulfgeng hatten ein „Vegetarier Buffet" gezaubert. Es folgten „Highland Games", die Spiele der Schotten im Hochland, woran auch die Schafe aus Irland ihren Spaß hatten. Etwas abgewandelt waren Heuballen in gestoppter Zeit möglichst weit zu rollen. Auch gab es ein Tauziehen zweier Mannschaften über den Bach am Rande der Weide hinweg, ein Ritual, das auch von den Menschen in diesem Ort jährlich und beharrlich ausgeübt wird.

Eine dieser Mannschaften wurde von den Schafen aus Glencolumbkille gestellt.

Die andere Mannschaft war aus der Schaf-Truppe, die zuerst so geschult worden waren, dass sie nicht mehr gänzlich auf die Anwesenheit des Hütehundes angewiesen war. Dass „diese Truppe" auch anwesend war, beruhte auf einem Zufall, der diese Schafe gerade jetzt wieder hier in diese Gegend führte. Diese Schafe führten auch gleich vor, was sie damals von Bunglass und McGregor gelernt hatten – einschließlich der Sache mit dem Kommando „ Schafe kehrt". Sie zeigten ihr volles Programm, was bei allen große Begeisterung hervor rief. Somit war die Weide jetzt ziemlich voll, befanden sich doch glatt zwei Herden darauf.

Ein Dudelsackspieler marschierte über die Weide und spielte abwechselnd die Nationalhymnen von Irland, Schottland und Deutschland. Für die noch jüngeren Schafe war eine Hüpfburg aufgebaut, das Komitee hatte sich wirklich Mühe gegeben.

Luftballons, an denen Zettel mit „Irischen Segenswünschen" hingen, die man auch in Kalendern lesen kann, stiegen auf. Auf dem Bach sah man ab und zu Farbiges auftauchen. Der Bach liegt etwas tiefer als die Weide, und zu sehen waren so die farbigen Helme der Kanu – Fahrer.

In diesem Fall waren es mutige Schafe, die großen Spaß hatten. Wegen der nur geringen Tiefe des Baches, soweit man davon überhaupt sprechen konnte, verzichteten die mutigen „Kanuten" aber auf die Übungen mit der Eskimo-Rolle. Es ist noch zu erwähnen, dass dies alles per Life-Internet-Schaltung direkt zur Weide in Glencolumbkille übertragen wurde, damit auch diejenigen Schafe dieses miterleben durften, die in der Heimat geblieben waren. Von denen dachte so manches Schaf, dass es doch – jetzt besehen – gerne die Gefahren der Luftfahrt auf sich genommen hätte, um jetzt hier dabei sein zu können!

Schön war diese Zeit für alle und besonders für unsere Gast-Herde aus Glencolumbkille. Die konnten sich beim besten Willen nicht daran erinnern, schon jemals so richtig Urlaub gehabt zu haben.

Der Besuch bei Bunglass und Mc Gregor stand eigentlich vor dem Ende. Es sollte nun bald zurück in die eigenen irischen Weidegründe geflogen werden. Die umliegenden Weiden im Münsterland waren nämlich komplett abgegrast. Ein bisschen Heimweh bewirkte auch seinen Teil. Doch die Natur hatte etwas dagegen!

Es begab sich nämlich zu der Zeit, da man zwar sein Land schätzte, aber nicht unbedingt auch nach seinem eigenen freien Willen reisen konnte, wie man wollte. Die nachfolgenden Tatsachen sind durch etliche Berichte in den Medien belegt.

In Irlands „Nachbarland" Island hatte die Erde kalte Füße bekommen, ist ja auch ein kühles Land. Ein Vulkan mit unaussprechlichem Namen war mal eben kurz oder lang ausgebrochen, um dem nicht gerade tropenverwöhnten Land etwas Wärme zu spenden.
Leider hatte sich die Wärmequelle aber restlos verspekuliert, wie eben das Land kurz zuvor auch, was wiederum reichlich in den Nachrichten und Zeitungen zu hören und zu lesen war, wie bereits erwähnt.

Die „Heizsaison" war so kräftig geraten, dass sich die verantwortlichen Damen und Herren (… oder wer auch immer!) so verschluckt hatten, dass außer Glut auch noch jede Menge Asche mit ausgespuckt wurde. Das war wahrscheinlich der übriggebliebene Rest der „Kohle", die Island „versemmelt" hatte. Aktivitäten des Erdinneren waren ja dort alle gewohnt, diesmal war es historisch etwas sehr heftig.
Da es nicht diesem Land allein so erging (das mit der der "Kohle"!), da hätten sich weltweit ja eigentlich noch viel mehr Vulkane öffnen müssen. Aber lassen wir es lieber dabei, denn auch in diesem unseren Lande haben die Mächte der Erde schon ziemlich lange geschwiegen. Auch möchte ich nicht noch unnötig zur Erderwärmung beitragen. Leute, geht daher bitte sorgfältig mit der „Kohle" um, wenn man nicht Asche ernten will. Das hatten wir doch schon alles einmal.

Ok, lang und gut, der Rückflug der irischen Schafe nach Irland war wegen der Aschewolken am Himmel für unsere Herde aus Glencolumbkille erst einmal gestrichen. Eine Verlängerung des Urlaubes stand also mehr oder weniger zwangsweise an. Bunglass und Mc Gregor berieten sich mit ihren Gasteltern und im engsten Kreis mit dem Ältestenrat der Glencolumbkille Schafherde. Und es geschah, dass sich außer dem Vulkan auch ein Ausweg auftat.

Ein paar Tage Urlaub - wieder einmal an der Nordsee - waren bei Helga und Wuulfgeng schon seit längerer Zeit in Planung. Dass daran nun auch noch die Schafe aus Glencolumbkille teilnehmen sollten, da waren diese restlos begeistert. Die anfangende Wehmut nach der Heimat wich schlagartig mit der Aussicht auf ein neues Abenteuer. Als Ort der Erholung und Besinnung wurde wirklich die Deutsche Nordsee-Küste ins Auge gefasst. Ein Ort war dann auch schnell gefunden. Es sollte Duhnen sein. Nur wie sollte man jetzt so schnell wie möglich nach dort kommen?

Ein Ausweg wurde jedoch sehr schnell von Bunglass und Mc Gregor gefunden.
Die beiden machten darauf aufmerksam, wie begeistert doch der Flughafen-Chef bei der Landung gewesen war. Ein kurzes Telefonat mit diesem und die Sache war geritzt. Zwar wurden reichlich Flüge zurzeit ja nicht genehmigt, aber Sicht-Flüge mit bestimmten Zielen im Nahbereich, die waren doch im Bereich der Möglichkeiten. Der Flughafenbus stand leider im Augenblick nicht zur Verfügung, um alle Schafe abzuholen und zum Flughafen zu bringen, aber auch hier fand man natürlich eine Lösung.
Etliche Anhänger, die schon bereits zu fahrenden Ausflugslokalen umgebaut waren und zu bestimmten Anlässen wie „Vatertag" genutzt wurden, stellten die in der Nähe wohnenden Landwirte zur Verfügung.

Die Anhänger wurden an Traktoren angehängt. Die Schafe nahmen Platz und los zog das lustige Völkchen, flotte Sprüche brüllend und irische Pub-Lieder singend Richtung Flughafen.

Als Verpflegung gab es nicht nur Gras, wie wohl schon vermutet. So kann man sich auch sicherlich sehr gut vorstellen, wie die Schafe am Flughafen ankamen.

Nach den Ankunft - Erfahrungen von damals wurden unsere Schafe diskret durch den VIP-Eingang und „direkt" ins Flugzeug gelotst. (Das Gras an den Rollfeldrändern war übrigens noch nicht wieder nachgewachsen.)

Nach kurzem Flug auf Sicht und ohne weitere größere nennenswerte, aber kleinen Vorfällen (Ein Schaf wollte unbedingt mal aus dem Fenster heraus einer anderen grasenden Schafherde zuwinken!) landete man auf einem kleinen Flugfeld in der Nähe eines Duhner Hotels, das in seinem Prospekt auch mit angenehmen Wohnen und Tieraufnahme nach Absprache wirbt. Auch versprach die Lage in einer ruhigen Sackgasse nur ein geringes Aufsehen, wenn es die Schafe nicht übertreiben würden, denn es handelt sich ja hier wirklich um besondere Gäste. Auch ist dieses Haus für seine besonderen speziellen Arrangements bekannt.
Die Sache war also perfekt. Zufällig war wegen einer Renovierung dieses Landhauses dort noch etwas zu machen.

Ansonsten immer ausgebucht, war man hier mit den Arbeiten schon früher fertig geworden und hatte somit Kapazitäten frei. Das g Haus stand exklusiv für die Schafe zur Verfügung.

Wenn auch mit einigen sorgenvollen Blicken auf die ungewöhnlichen „Gäste" und die frisch renovierten Zimmer, so konnte sich die Hotel-Mannschaft dazu bereit erklären, alles zu tun, um auch unüblichen Gästen wahre Gastfreundschaft zu bieten.

Natürlich sollte das Landhaus nach diesem „Besuch" auch wieder anderen normalen Gästen bald wieder zur Verfügung stehen. Deshalb versteht es sich von selbst, dass einige Regeln unbedingt einzuhalten waren.

Die neuen Bäder wurden nicht genutzt, natürlich auch nicht die Betten. Im Innenhof, wo sonst die Wagen der Gäste parken, wurde sehr schnell eine Scheune aufgebaut; ausgestattet mit reichlich Stroh. Auch wurde dort für Bedürfnisse gesorgt. Die Zimmer selbst wurden wie das Restaurant zur Schonung mit Rasenteppichen ausgelegt.

Es versteht sich von selbst, dass im Haus nur die absolut stubentauglichen Schafe unterkommen durften. Da man sah, dass es sich wirklich um eine gepflegte Herde handelte, gab es auch weiter keine Probleme. Dies sah man auch für die Zukunft des Hauses so.

Während die eine Hälfte genussvoll auf die Gäste abgestimmte Köstlichkeiten zu sich nahm, beschäftigten sich die anderen Schafe, denen der Flug nicht ganz so bekommen war, im Wellness-Bereich, wo man sich für den Abend auf Trimmgeräten in Form brachte. Einige Schafe besuchten Handtücher und Hüften schwingend sogar die Sauna.

Es wurde ein wundervoller „Heimatabend nach irischer Art" im gemütlichen Thekenraum des Hauses. Alle waren erstaunt, was Schafe für einen Spaß haben können, wenn man sie nicht nur als dumme Tiere behandelt. „Lasset die Tassen noch einmal kreisen", so hörte man abwechselnd in irischer und deutscher Sprache – bis spät in die Nacht! Danach waren die Besitzer des Hotels sehr froh, dass keine anderen Gäste da waren, denn ein höllisches Schnarchen, unterbrochen von lautem Määhh, wenn wohl wieder ein Traum durch ein Schaf zuckte, schallte nicht nur vom Hof, auch durchs ganze Haus.

Am nächsten Morgen stand ein besonderer Event für die Reisegruppe an. Es sollte eine Watt-Wagen-Fahrt stattfinden.
Die etwas übermüdete Truppe wollte eigentlich erst nicht, denn sie hatte von „Vorwerk" gehört und dachte, dass dies eine Insel ist, auf der eine Staubsaugerfabrik ist. Das mit den Staubsaugern, das hatten sie noch vor kurzem in einer Werbesendung im Fernsehen gesehen.

Damit konnten sie nichts anfangen, denn sie meckerten: „ Wir Mähen doch und Staubsaugen doch nicht. Und für die Fabrik ist es doch auch nicht interessant, wenn wir kommen, denn wir kaufen doch bestimmt nicht mal einen der Sauger."
Bunglass und Mc Gregor als selbsternannte Reiseleiter kannten jedoch keinen Pardon. Mit den Worten: „ Gebucht ist gebucht und los geht's!" ging es dann auch ohne weiteren Widerspruch los. Die Reisegruppe war dann doch sehr erbaut davon, dass es ein Irrtum war und die Insel „Neuwerk" heißt, ohne Fabrik. Es gab dort nach der langen nahrungsarmen Wattfahrt doch tatsächlich Gras, aber nur solange, bis die Schafe dies erlegt hatten und es eine Weile dauern würde, bis die Insel wieder mit Grünem strotzen konnte.

Auf der Rückfahrt gab es eine „technische Panne". Ein PS wollte nicht mehr, verweigerte die Weiterfahrt.
Sofort sprangen mehrere Schafe ein und zogen und schoben die Karre im Watt vorwärts. Das Pferd schaute verdutzt drein. Das steigende Wasser bewegte es aber dann doch zur Trabaufnahme in Richtung Heimat.
Unterwegs schnappte sich ein Schaf das im Karren bereit liegende Akkordeon. McGregor, der viel im Internet über Deutschland recherchiert hatte, sagte plötzlich: „Es gab hier doch sogar mal einen Bundespräsidenten, der gesungen hat.

Wenn ich mich nicht sehr irre, hat er so etwas wie „hoch auf dem nassen Wagen" gesungen. War der denn auch auf einer Wattfahrt, so wie wir?"

Das mit dem Singen ging nur kurze Zeit gut, denn wie aus heiterem Himmel heraus schnappte sich Wuulfgeng das Akkordeon und versenkte es durch einen total guten und weiten Wurf im Schlick.
(Anmerkung dazu: „Wuulfgeng „musste" in früher Jugend zwangsweise einige Jahre in eine Akkordeon-Schule!" – das sagt doch viel - !)

Ziemlich durchgerüttelt kamen alle wieder in Duhnen an und gönnten sich zwei weitere geruhsame Tage.

Dann stand der letzte Abend im Landhaus an. Für den nächsten Tag war die Heimreise vorgesehen. Auf Grund der stürmischen Wettervorhersage gab es am Abend eine „Diät - Ebbe - R a s e n - Platte", um den Magen nicht zu sehr für die Reise zu belasten. Das war für die inzwischen verwöhnten Schafe nun wirklich mal ein völlig neuer Blickwinkel. In Anbetracht des kommenden anstrengen Tages und der stürmischen Voraussage gab es dann aber keinen wirklichen Eklat. Die komplette Herde war mit Helga und Wuulfgeng auf einer Linie und alle gönnten sich zum Abschied noch ein bekanntes friesisches Getränk als Absacker.

Nach einer letzten Runde trabten die Schafe zu ihren weichen Heubetten, voll müde von der vielen Frischluft im Watt und der mühsamen Bewegung beim Karreschieben im tiefen Schlick.

Am nächsten Morgen stand dann die Trennung der Herde von Bunglass, Mc Gregor, Helga und Wuulfgeng an. Auch Molly Wolli und Flöckchen wollten noch eine Weile in Deutschland bleiben. Den Mitarbeitern des bewohnbar gebliebenen Landhauses flossen ebenfalls Tränen übers Gesicht.

Es wird auch für sie wohl ein unvergessenes Erlebnis bleiben, das kaum zu Toppen sein dürfte!

Mit dem Flug der Herde nach Hause wurde es noch nichts. Es herrschte noch immer wegen der „fliegenden Asche" Flugverbot auf dem Weg nach Irland. Nach Auswegen brauchten Bunglass und Mc Gregor nicht lange zu suchen. Die beiden Tollkühnen brachten ein Container-Schiff auf, das gechartert werden konnte. Das Container-Schiff war nicht ausgelastet, hatte Platz, einen sehr humorvollen Kapitän und auch zahlreiche leere Container, die mit reichlich Stroh ausgelegt wurden.
Als das Container-Schiff schließlich am „Steubenhövt" in Cuxhaven mit der Herde an Bord vorbei fuhr, wurde im dortigen Restaurant

per Lautsprecher als Extra-Durchsage durchgegeben, um was für ein Schiff es sich handelt, was die Ladung an Bord war - unter Hinweis auf die heutigen besonderen Passagiere - und was das Bestimmungsland ist.

Dies war tatsächlich so, denn an jedem Sonntag gibt es noch heute diese Durchsage als Service für die Gäste im Restaurant.

Die konnten nicht glauben, was sie sahen und was sie hörten. Sie stürzten an die Fenster, stießen Teetassen und Rumtöpfe um und sahen auf dem Container-Deck, wie viele Schafe den fassungslosen Zuschauern zuwinkten.

Unter den Zuschauern waren auch Bunglass, Mc Gregor, Helga, Wuulfgeng, Molly Wolli und Flöckchen. Auch ihnen sah man die Ergriffenheit des Abschiedes und des sich bietenden Bildes an. Aber man wird sich wiedersehen, das war abgemacht!

Auch für die Zurückgebliebenen war der Zusatz-Urlaub nun zu Ende. Man erreichte wieder das schöne Münsterland, wo man am Abend noch lange bis in die Nacht hinein von diesem vorerst letzten Abenteuer sprach.

Die Zeit vergeht meistens zu schnell, wenn man sich so viel zu erzählen hat, wie unsere Schafe und ihre Menschen. Der Zeitpunkt war schon jetzt abzusehen, wann die Trennung vom Zusammenleben von Mensch und Schaf erfolgen würde. Die Zeit nimmt keine Rücksicht; sie hat auf der ganzen Welt ihren Weg zu gehen. Sie tickt und tickt, niemand kann sie aufhalten. Auch wenn sie an vielen Orten der Welt aus Gründen der Entfernung in verschiedenen Zeitzonen voran schreitet, so kann sie doch keine Erinnerungen und Empfindungen vertreiben. Und Glencolumbkille ist ja auch nur eine Zeitzonen-Stunde vom Münsterland entfernt.

Für Molly Wolli, Flöckchen und Bunglass – McGregor nehmen wir erst einmal aus - kam dann auch die Stunde der Entscheidung, wie es mit ihnen weitergehen würde. Schließlich war durch die geschehenen Ereignisse ja eine richtige Familie entstanden, auch wenn dies bei Schafen nicht ganz so behördlich geordnet ist, wie bei den Menschen. Die Schafe leben im Ganzen als „große Familie" zusammen, und jeder ist für jeden da. Molly Wolli hatte dies im Vorfeld der kommenden Trennung mit Flöckchen schon einmal von Mutter zu Tochter besprochen.

Und auch Bunglass hatte sich lang und breit mit McGregor beraten, wie wohl ihre Zukunft aussehen würde. Ihre Gasteltern und Kater Moritz hatten sie in ihre Gespräche einbezogen.

Es war nicht leicht, ein für alle zufriedenstellendes Ergebnis zu erreichen.
Zur großen Erleichterung von Bunglass machte Molly Wolli zu all diesen Überlegungen den Anfang: „Wir alle wissen, dass ein Abschied naht, weil wir nicht alle zusammen bleiben werden und auch nicht können. Flöckchen muss bald in die Schaf-Schule. Schließlich soll sie alle Möglichkeiten bekommen, ein kluges Schaf zu werden, das genau wie ihr Vater „über den Zaun" schauen kann. Und Flöckchen freut sich auch schon sehr auf die Schule."
Bunglass begann zu schlucken, auch allen übrigen Anwesenden wurde es etwas sonderlich zumute. Molly Wolli nahm wieder das Wort auf, bevor Bunglass die Sprache wieder fand. „Lieber Bunglass, wir merken hier wohl alle, dass es besonders dir jetzt schwer fällt, eine Entscheidung zu treffen, was jetzt geschehen soll. Flöckchen und mir wird ein solcher Entschluss ja praktisch abgenommen, weil wir eben zurück nach Glencolumbkille müssen, was wir aber ja auch eben gerne machen, weil es unsere Heimat ist."
Und nachdem sie noch mal tief Luft holte, fuhr sie fort: „Du bist ja schon länger von zu Hause fort. Da ist die Entscheidung für dich eben sehr viel schwerer. Flöckchen und ich sind uns einig, dass dein Weg der richtige war. Du bist ein Vorbild für alle irischen Schafe, genau so, wie es McGregor für alle schottischen Schafe ist. Wir werden alles akzeptieren, egal, wie du dich auch entscheiden wirst."

„Du meine Güte, was für eine Rede von einer Frau", so dachte es McGregor, wahrscheinlich aber auch alle anderen. Und weiter war in einer nicht sichtbaren Sprechblase über allen zu vermuten: „Bei den Menschen geht das alles nicht immer so friedlich und rücksichtsvoll zu, wo doch heutzutage schon per SMS „Schluss gemacht" wird, eigentlich ziemlich feige, diese Menschen." Helga und Wuulfgeng mit Kater Moritz hielten sich zurück und dachten still jeder für sich, dies ist eine Angelegenheit der Schafe, in erster Hinsicht jedenfalls, auch wenn durch die anstehende Trennung auch wir ernsthaft betroffen sind.

McGregor nahm dem immer noch etwas sprachlosen Bunglass eine Antwort vorerst ab: „Wir alle wissen, dass irgendwann einmal ein Ende kommt, bevor etwas Neues beginnen kann. So wird es auch hier geschehen. Was wissen wir bis jetzt? Molly Wolli wird mit Flöckchen zurück nach Glencolumbkille traben oder fliegen. Unsere uns lieb gewordenen Gasteltern und Kater Moritz bleiben hier in ihrem Zuhause im Münsterland. Da bleiben Bunglass und ich übrig. Was werden wir tun? Das ist nicht ganz einfach. Bunglass, mein Freund, du musst tun, was ein Schaf tun muss. Es ist sicher nicht verkehrt, zumindest für einige Zeit lang zurück in die Heimat zu reisen. Und was ich jetzt sage, soll dir deine Entscheidung etwas erleichtern, auch wenn ich jetzt schon den Moment fürchte und schon jetzt traurig darüber bin.

Ich denke, dass auch wir beide uns für einige Zeit trennen werden."

Bunglass hatte sich eigentlich gerade wieder gefasst und wäre zu ersten Worten fähig gewesen. Bei den Worten von McGregor war dies schon wieder vorbei. Eine erste Schafträne verließ seinen rechten Augenwinkel, eine Zweite folgte im Sekundenabstand und suchte sich ihren Weg, bis Bunglass ihren salzigen Geschmack spürte. McGregor sah dies und fügte seiner Rede schnell noch hinzu:
„Bunglass, wenn auch du mit nach Glencolumbkille willst, ich kann dies nur allzu gut verstehen. Auch mir ist trotz aller wunderbaren Erlebnisse mit dir ab und zu das Herz etwas schwerer, als normal. Auch ich habe manchmal Sehnsucht nach meiner Familie in den Highlands, die ich ja jetzt schon lange nicht mehr gesehen habe. Wenn ihr Drei also nach Glencolumbkille wollt, dann werde ich mich auf den Weg zu meiner Familie machen, auch wenn der Weg dorthin schwer und gefährlich für mich werden wird. Sicherlich haben Englands Metzger mich noch nicht vergessen."

Bunglass stand kurz vor seiner Auflösung. Er sah von einem zum anderen, mehrmals. Dann ging er von einem zum anderen und nahm jeden in seine Arme, sehr lange. Jetzt hatten alle einen salzigen Geschmack auf ihren Lippen.

Bunglass holte jetzt seinerseits ganz tief Luft:

„Liebe Freunde, es ist so, wie McGregor es trefflich beschrieben hat. Alles geht seinen Weg. Und ich danke auch besonders euch, liebe Molly Wolli und dir, mein liebes Töchterlein, dass ihr so viel Verständnis für diese besondere Situation habt.

McGregor verstehe ich auch außerordentlich gut, dass er seine Familie wiedersehen möchte, ist ja auch natürlich. McGregor, mein Kumpel, du hast aber etwas nicht erwähnt, was noch geplant war, bevor uns Molly Wolli mit Flöckchen überraschte. Es ist wunderbar rücksichtsvoll von dir, aber ich habe es nicht vergessen. Wir beide haben noch weitere Verpflichtungen, wenn auch ich der Meinung bin, dass die Familie eigentlich immer Vorrang hat. Aber wir haben hier auch Molly Wolli und Flöckchen gehört, dass es möglich ist, dass ich oder wir beide einige Zeit später nach Glencolumbkille kommen. Die beiden sind bei der Herde super gut aufgehoben, und Flöckchen verbringt ja demnächst viel Zeit in ihrer Schule. Was ich damit sagen will, ist, dass wir beide, lieber McGregor, die Verpflichtungen eingegangen sind, die uns – oder besser gesagt dich - auch in eine Schule führen werden, und da sind ja auch noch die Absprachen bezüglich der Teilnahme an den Olympischen Spielen in London."

McGregor schmunzelte und meinte: „Du hast gemerkt, dass ich es dir leicht machen wollte.

Vergessen habe ich das nicht, was wir noch vorhaben. Ich will die anderen hier einmal aufklären, was unser Vorhaben betrifft.

Also, die hiesige Universität in der großen Nachbarstadt hat einen personellen Engpass. Dieser besteht in dem Fach Geschichte. Gerade wird die „Schottische Geschichte" an die Reihe kommen. Da hat man mich gefragt, ob ich nicht als Aushilfs-Dozent diesen Unterricht übernehmen kann. Da bin ich einen Vertrag eingegangen, vor dem ich mich ungern drücken möchte. Gut, ich könnte dies auch ohne Bunglass vollziehen, aber die andere Sache, die noch ansteht, die mit den Olympischen Spielen, das ist allein nicht zu machen. Dazu brauche ich dich, lieber Bunglass. Ansonsten müssten wir beide diesen Auftrag stornieren."
Bevor sich Bunglass dazu äußern konnte, hatte Flöckchen eine Idee: „Was ihr vorhabt, das solltet ihr auch machen. Für McGregor bietet sich die Sache in London doch geradezu an, seinen Plan, die Familie in den Highlands wieder zu sehen, auch durchzuführen. Denn dann ist er doch schon ein riesengroßes Stück voran gekommen und der Weg von da aus in die Highlands ist nicht mehr so weit, als wenn er sich von hier aus direkt dahin aufmachen müsste."

Alle schauten Flöckchen an, so jung und schon so ideenreich, Respekt, dachten alle.

Bunglass meldete sich zu Wort, bevor ihm jemand zuvor kommen konnte. „Nachdem uns McGregor schon den ersten Teil der Lösung mundgerecht serviert hat, haben wir wohl jetzt auch den weiteren Teil durch Flöckchens Idee gelöst. Wenn ihr alle damit einverstanden seid, dann soll es – wie besprochen – geschehen.
Molly Wolli reist mit Flöckchen nach Glencolumbkille voraus, McGregor und ich erfüllen unsere Verträge mit der Universität und dem Olympischen Komitee. McGregor besucht seine Familie in den Highlands, und irgendwann später sehen wir uns alle zusammen einmal wieder, egal, wo dies auch sein wird, in Deutschland, Irland oder Schottland.
Und was das mit den Olympischen Spielen auf sich hat, das möchte ich jetzt in diesem Augenblick noch nicht verraten, da es ein großes Geheimnis ist. Das werden McGregor und ich euch allen erzählen, wenn alles gut ausgegangen ist."

Allgemeine Erleichterung war zu spüren. Alle zusammen hatten durch ihre Ideen oder auch durch ihr mitfühlendes Schweigen dazu beigetragen, eine für alle tragfähige Lösung zu erarbeiten.

Molly Wolli, Flöckchen, McGregor und Bunglass trabten auf die Weide hinter dem Haus, tollten wie ausgelassen und höchst erleichtert herum, mähten tüchtig am Gras, tranken aus dem Bach.

Helga und Wuulfgeng brauchten jetzt eine große Tasse Kaffee, Kater Moritz orderte ein Schälchen Milch.

Schon drei Tage später war es soweit. Molly Wolli und Flöckchen machten sich auf den Weg in ihre Heimat, wo die Herde in Glencolumbkille schon gespannt auf sie wartete. Helga und Wuulfgeng hatten ihre Beziehungen spielen lassen. So brauchten die beiden heimkehrenden Schafe nicht den langen Transport über Straßen oder See in Kauf zu nehmen. Von einem weiteren kleineren Flughafen in der Nähe starteten sie mit einem einmotorigen Propellerflugzeug, das einem Privatpiloten gehörte. Sie hatten ja auch schon Flugerfahrung, so dass alles gar nicht mehr so aufregend wie beim ersten Mal war.

Der Pilot drehte noch zwei Runden über den Zurückbleibenden. Die Verabschiedung in Form von winkenden Armen wollte fast kein Ende nehmen. Dann änderte das Flugzeug seine Richtung und verschwand schon wenig später in den Wolken. Molly Wolli und Flöckchen waren auf ihrem Weg nach Irland.

Einige Tage hatte McGregor noch Zeit bis zu seinem Auftritt in der Universität. Zusammen mit Bunglass hatte er sich schon zurecht- gelegt, wie er die Vorlesung gestalten würde. Und die beiden hatten jetzt schon Spaß daran, wie die Studenten gucken werden, wenn ihr Dozent ein Schaf ist. Dass noch weit mehr staunende Augen bekommen, werden wir bald erfahren.

Bunglass und McGregor hatten sich in dieser Warteschleife auch darüber unterhalten, wie sie sinnvoll diese Zeit verbringen können. Sie hatten überlegt, dass ihre Gasteltern doch einige Auslagen bei ihrem Besuch hatten. Dass außer ihnen dann noch Molly Wolli, Flöckchen und ein großer Teil der Herde hier anreisten, dass Wuulfgeng ein paar Tage Urlaub nehmen musste, um alles regeln zu können, das war ja ursprünglich nicht geplant. Aber so ist das Leben, und zum Schluss ihrer Beratung kam folgendes heraus: „McGregor, wir sollten versuchen, ob wir einen Beitrag bezüglich der Unkosten unserer Gasteltern leisten können", sagte Bunglass.

Bunglass und McGregor trabten zur Gemeindeverwaltung. Als sie eintraten, stießen sie auf einen Kopf schüttelnden Angestellten.

Dass manche Bürger ab und zu auch einen Hund mit ins Büro mitbringen, kam schon mal vor. Einer hatte sogar mal seine Katze auf dem Arm dabei.

Kinder hatten schon ihren Hamster in der Jacke gehabt, während ihre Eltern Formulare ausfüllten. Doch jetzt waren doch tatsächlich Schafe zur Tür herein gekommen, die zudem noch auf zwei Beinen gingen und ihre Frage in fast astreinem Deutsch an ihn richteten, das ging doch wohl zu weit. Der Arme war erst vor einem Tag hier an diese Verwaltungsstelle versetzt worden. Ansonsten hätte er sicherlich schon von Bunglass und McGregor im Ort gehört. Diese Thematik war in seiner Ausbildung nicht vor gekommen, wobei wir wieder bei „Murphy" wären - „ was passieren kann – passiert – irgendwann!"

Bunglass und McGregor waren gut vorbereitet. So fragten sie denn auch sogleich den immer noch völlig verblüfft Blickenden danach, ob auch sie Hilfe zum Lebensunterhalt bekommen könnten. Sie hätten gehört, so etwas gäbe es. Wenig später hatte der seiner Fassung beraubte diese wieder gefunden. „Das Gesetz", so begann er „trifft nur auf Personen zu. Ihr gehört zu den Sachen. Da könnt ihr doch nicht her kommen, und Leistungen verlangen!"

Bunglass und McGregor sahen sich an, sie hatten doch wohl nichts Unverschämtes verlangt? So genau kennen sie die Menschengesetze ja nun auch wieder nicht. Inzwischen wieder ganz gefasst – er hatte wohl doch eine gut vorbereitende Ausbildung - sprach der Verwaltungsmensch nun etwas ruhiger:

„Ich hoffe, dass ihr das versteht, aber es ist nun einmal so. Da werdet ihr euch etwas anderes einfallen lassen müssen. Wir haben hier im Amt ja schon so einige Spezies, die merkwürdige Forderungen stellen, aber dass ihr als Schafe hier her kommt und … !"

Für den Moment versagte ihm wieder die Stimme. Zwei Momente weiter fuhr er aber dann fort: „Es ist zwar noch etwas früh, aber ich denke, dass ich heute nach diesem Ereignis eher mit der Arbeit aufhöre und meine Überstunden abfeiere. Für heute habe ich genug erlebt, macht es gut ihr beiden – mein Gott, ich rede mit Schafen!"

Somit war die Amtsstube geschlossen, nicht nur für den Rest des Tages. An der Tür hing ein Hinweis, dass diese Behörde erst in zwei Tagen wieder öffnen wird - da müssen wohl ganz schön viele Überstunden angefallen sein.

So schnell gaben Bunglass und McGregor nicht auf. Schließlich hatten sie gleich zwei neue Ideen.

McGregor sah und sprach seinen Freund listig an: "Du bist doch so eine richtige Leuchte, Bunglass. Wie wäre es denn, wenn du im Bereich der Herstellung von Lampenschirmen tätig wirst?"

Bunglass blieb dieser Frage nichts schuldig und konterte sofort: „McGregor, mein Freund, du hast mir doch mal erzählt, dass du und deine Freunde euch in den Highlands die Füße blutig gelaufen habt. Wie wäre dann ein Tätigkeitsfeld von dir im Bereich der Herstellung von Schuhwaren in Heimarbeit? Heimarbeit wäre für uns richtig, denn eine Fabrik würde uns wohl kaum dort arbeiten lassen!"

Wuulfgeng sah um die Ecke, hatte einiges von diesem Gespräch mit bekommen. „Meine Freunde, ihr wisst ja nicht erst seit eurem Abenteuer mit dem Amt, dass ihr in Deutschland seid. Schaut doch erst einmal in einschlägigen Bestimmungen und Verordnungen nach, ob euch nicht ein Gesetz auch dieses verbietet. Da seid ihr bestimmt erst einmal lange beschäftigt!"

Bunglass und McGregor setzten eine geschäftige und ernste Miene auf, soweit sie dies überhaupt zustande bekamen. Wuulfgeng und Helga suchten das Weite, bevor sie laut losprusten würden. Bunglass saß vor dem Laptop und versuchte, die einschlägigen Bestimmungen heraus zu suchen. Bei den Themen Leuchten und Schuhen wollten sie erst einmal bleiben.

„Sieh einmal her, McGregor", rief Bunglass plötzlich. „Hier steht etwas zu dem Thema „Schuhwaren in Heimarbeit".

Das solltest du dir einmal ansehen, ob das machbar ist." McGregor flog gerade über die Sofaecke hinweg zu Bunglass, als wäre er ein gut trainierter Hürdenläufer. „Lass mich mal sehen, das wäre ja zu schön, wenn ich so schnell was finden würde."

McGregor las den Text auf dem Bildschirm; nicht einmal, nicht nur zweimal. Dann las er diesen noch einmal laut vor, so dass auch Bunglass mit zuhören konnte. „Berichtigung der Bekanntmachung einer bindenden Festsetzung von Fertigungsteilen, Entgelten und sonstigen Vertragsbedingungen für die Herstellung von Schuhwaren in Heimarbeit."

Nachdem die Schafe recht lange ihre Köpfe geschüttelt hatten, lasen sie einen Text, der diesmal im zukünftigen Geschäftsbereich von Bunglass seine Gültigkeit hat, der Herstellung von Lampenschirmen in Heimarbeit. Bis dass die Lampenschirme und die Schuhe wechselten, waren die Texte zu beiden Themen identisch.

„Das verstehe wer will, ich jedenfalls nicht!" maulte Bunglass. „Wer ist nur zu solchen Text-Schöpfungen fähig? Das wird dann wohl nichts mit unserer Zukunft in geschäftlichen Dingen." Lange ärgerten sich Bunglass und McGregor nicht über die geplatzte Hoffnungs-Beschäftigungs-Blase. Jedenfalls stöberten sie noch eine Weile weiter im Paragraphen-Dschungel.

„Mein Gott!" schallte es durch den Raum, so dass Wuulfgeng und Helga besorgt um die Ecke schauten. Kater Moritz war ihnen auf den Füßen gefolgt und stemmte seine Pfoten in die Hüften. „Kann ich helfen?" „Nein, es ist nichts ernsthaftes passiert", sagte McGregor. „Wir lesen auch euch jetzt etwas vor, was wahrhaft unglaublich ist." Zunächst waren die Lampenschirm- und Schuh-Bestimmungen an der Reihe.
Dann – McGregor holte noch einmal tief Luft – las er einen weiteren Brüller aus den Tiefen der deutschen Gesetzgebung vor.

An der Reihe war jetzt „die erste Verordnung zur Änderung der Verordnung zur Bekämpfung des Westlichen Maiswurzelbohrers". „Und damit ihr merkt, dass ich keinen Spaß gemacht habe und es ernst meine, sage ich euch noch dazu, dass dies wirklich auch im Gesetz nachgelesen werden kann - Bundesgesetzblatt I 2008, 2865 vom 19.12.2008. Da staunt ihr was? Wenn ihr wissen möchtet, ob es auch einen Östlichen Maiswurzelbohrer gibt, da müsst ihr schon mal in der Nähe bei den Landwirten nachfragen."

Jetzt war Bunglass nicht mehr zu halten. Nachdem er wieder einigermaßen Luft bekam, rief er höchst erfreut: „Hört mal zu, hier steht auch etwas über „die Verordnung und Bekanntmachung über eine geeignete Methode zur Bestimmung der Abdriftreduzierung von Maissägeräten."

Man konnte mit gutem Gewissen sagen „der Saal tobte", auch wenn es sich nur um ein maßvolles Wohnzimmer handelte.

Übermütig wälzten sich beide Schafe auf dem Rücken, und als Wuulfgeng noch eine Zugabe aus dem Bundesgesetzblatt von „der Berichtigung der Samenverordnung vom 4.11.2008" vorlas, trabten Bunglass und McGregor mit Höchstgeschwindigkeit hinaus auf die Weide, wo sie halb röchelnd um Luft ringend abwechselnd auf dem Bauch und auf dem Rücken lagen. Kater Moritz bat um ein Schälchen Milch für seinen trocken gelachten Hals.

Zirka 3 Stunden später fanden Bunglass und McGregor den Weg zurück ins Haus, sichtlich erschöpft. Ihre Gasteltern nahmen ihnen jeden Anfall eines schlechten Gewissens. Es würde schon noch eine Weile für alle reichen. Sie alle sollten lieber die verbleibende Zeit miteinander genießen, bis Bunglass und McGregor ihre Verpflichtungen in der Universität und bei den Olympischen Spielen eingehen müssten. Danach würden sie sich ja einige Zeit lang nicht sehen. Bunglass und McGregor atmeten beruhigt durch. Kater Moritz hatte bisher noch nicht über „Heimarbeit" nachgedacht. Er meinte, dass er seinen Menschen schon genug damit hilft, die Terrasse und Umgebung „mausfrei" zu halten.

An der hiesigen Universität herrschte immer noch der Engpass an Dozenten, da in diesem Jahr schon die dritte Grippe-Welle über die Stadt hinweg fegte. Und Sommergrippen hatten es ja bekanntlich wirklich „in sich". Da die noch verfügbaren Dozenten schon umfangreich Vertretungen für ihre Kollegen und Kolleginnen vornahmen, war hier wirklich nicht nur „Holland in Not".
Es erging so mehreren Universitäten gleichzeitig in vielen verschiedenen Städten. Da kam die Bewerbung von McGregor nur gerade Recht. Wahrscheinlich steckte zuviel Abenteuerlust in seinem Blut, als er sich zu diesem Schritt entschloss. Schließlich kamen seine Vorfahren aus den umkämpften Highlands in Schottland, und McGregor würde auch diese Herausforderung tapfer annehmen.

McGregor hatte per eiliger E-Mail seine Bewerbung als Aushilfs-Dozent unter der Wohnanschrift seiner „Zieh-Eltern Helga und Wuulfgeng" an die Universität abgeschickt. In Zeiten der Not arbeiten Behörden noch schneller als sonst. Wie sonst konnte es sein, dass sich McGregor schon am nächsten Tag an der Universität vorstellen sollte.

Allerdings war man dann dort doch mehr als erstaunt, dass sich „ein Schaf" vorstellte, was McGregor gar nicht erwähnt hatte.
In einem klärenden Gespräch wurde man sich jedoch schnell einig.

Einerseits war die Lage so dringlich, dass man überhaupt keine Zeit mehr für eine neue Bewerbungs-Ausschreibung hatte, andererseits schien der Kandidat McGregor zumindest teilweise über gewisse Anforderungen zu verfügen. Somit wurde Gregor für die Vorlesungen in schottischer Geschichte eingeteilt.

Für die Studenten und Studentinnen stand nun unerwartet ein Schaf als Dozent vor ihnen. Nachdem sich die erste Aufregung im Hörsaal gelegt und McGregor sich vorgestellt hatte, waren nun wirklich alle Anwesenden gespannt, wie sich die Lage wohl entwickeln würde. McGregor stellte sein Konzept für den Unterricht vor. Für den Anfang hatte er bereits mal zwei Clan-Schwerter mitgebracht, wie sie in den Highlands gebräuchlich sind. Und schließlich konnte er aus eigenen überlieferten Familien-Geschichten erzählen.

Es wurde ein sehr lebhafter Unterricht. Alle Anwesenden kamen aus dem Staunen nicht mehr heraus und waren fast enttäuscht, als die Zeit für den ersten McGregor-Unterrichtstag vorbei war.

Bunglass war unter den Anwesenden im Hörsaal und hatte natürlich auch sehr interessiert den Ausführungen von McGregor gelauscht.

Er war gar nicht bemerkt worden, als er sich hinter der letzten Reihe an die Wand lehnte, weil alle verfügbaren Sinnesorgane der staunenden Studenten und Studentinnen auf McGregor gerichtet waren. Auch Bunglass erfuhr noch viel Neues aus der alten schottischen Zeit, obwohl es auch in Irland sehr unruhige Zeiten gab und auch er selbst hätte sehr viel erzählen können. Aber schließlich ging es hier ja um die „schottische Geschichte".

Auf Bunglass aufmerksam wurde der ganze Saal erst, als Bunglass als erster mangels Pult an die Wand trommelte, um seine Anerkenntnis und Begeisterung zum Ausdruck zu bringen. Dass nun zwei Schafe im Raum waren, die Verwunderung wollte kaum ein Ende nehmen. Ein riesiger Beifallssturm brach dann doch los und durchdrang Gemäuer und verschlossene Türen.

Der erste Tag war sehr gut gelaufen und machte Mut auf Morgen. Unter den Studierenden hatte sich diese besondere Vorlesung mit dem Sonder-Dozenten McGregor natürlich mehr als schnell herum gesprochen. Schließlich gibt es ja heute extrem schnelle Verbreitungswege im Netz.
So war der für McGregor vorgesehene Hörsaal schon bereits am nächsten Morgen mehr als zwei Stunden „früher" voll besetzt. Das hatte es zumindest „zeitmäßig" auch in Zeiten von normaler Überbelegung noch nicht gegeben.

Es war kaum noch ein Platz zum Abstellen eines Rucksackes vorhanden. Alles war in höchster Anspannung. Es herrschte eine Atmosphäre, als würde der Star einer Bambi-Verleihung erwartet.

Und dann kam s e i n Auftritt.

McGregor hatte sein bestes „Highländer-Outfit" angelegt und schritt unter dem Applaus und gellenden Beifallspfiffen aller Anwesenden auf „seine Bühne". Zur Untermalung seines nächsten Geschichts-Themas hatte McGregor einen Film mitgebracht.

Alle bekamen nun den Film zu sehen, für den McGregor zunächst noch recherchiert hatte, ob der Hauptdarsteller Mel G. oder Mel C. heißt. Da aber in diesem Film nicht viel gesungen wurde, war es doch der Film mit Mel G., der auch wahrhaftig einen ziemlichen schottischen und wilden Kämpfer abgab.

Eigentlich kannten alle Anwesenden diesen Film schon. Aber mit Dozent McGregor und seinen Kommentaren zum Film war dies doch schon ein völlig anderes Erlebnis, als wenn man ansonsten normal in einem Kino sitzt. McGregor definierte bei der anschließenden Film-Besprechung neue Erkenntnisse über Freiheit und Patriotismus. McGregor dozierte:

„Freiheit ist nun einmal ein wichtiges Gut für die gesamte Menschheit, niemand sollte dies je vergessen!" Nach dieser Ansprache ging fast jeder „als Patriot" nach Hause.

Es wurden noch schöne Stunden und schöne Tage an der Uni. Mit Wehmut war aber jetzt die letzte Vorlesung von McGregor gekommen. Es waren sicherlich auch Unterrichts-Themen behandelt worden, die nicht unbedingt bei anderen Dozenten in späteren Semestern wiederholt würden.
McGregor hatte jedoch für viele Jahre einen bleibenden Eindruck hinterlassen.
Das lag wohl auch an seinem letzten Vorlesungstag. Da hatte er noch einmal aus dem Vollen geschöpft. Angesagtes Thema war:
   „Die Herstellung von Whisky in Schottland".

Ganz besonders hatte es McGregor ein spezieller Insel-Whisky" angetan, da dorthin Vorfahren von ihm hingezogen waren und sich der Genüsse des Moor-Wassers immer noch sehr erfreuten. Dessen fast unaussprechlicher Name soll nicht nur dadurch zustande gekommen sein, weil man bei der Brennprobe schon zu viel davon getrunken hatte.

Zum Schluss seines letzten Vortrages verteilte McGregor noch einige Kostproben des Moorwassers", was die Heiterkeit der letzten Unterrichts-Stunde noch immens steigerte.

In seiner Eigenschaft als „Geschichts-Dozent" beendete McGregor sodann die Vorlesung, in dem er zur Diskussion stellte:

„ Moorwasser ist nicht dem Whisky sein Tod,

und darüber – so sagen auch ein Autor und ein bekannter deutscher Kabarettist – können sie jetzt alle einmal einige Minuten nachdenken."

Tosender Applaus begleitete McGregor, als der „seine Bühne" verließ. Bunglass, der inzwischen in der ersten Reihe saß, weil man da besser sieht, ging ihm entgegen und klopfte ihm auf die Schultern. „McGregor, mein Star und mein Freund, alle deine Fans können wirklich stolz auf dich sein. Das alles war wirklich mutig von dir, aber du hast es heldenhaft gemeistert!"

Es gab niemand im Saal, der nicht Fotos von Bunglass und McGregor schoss. So dauerte der Abschied von den Schafen einige Stunden. Dann war auch dieses Kapitel abgeschlossen.

Nur noch eine letzte Bewährungsprobe steht jetzt an, bis sie ihre Heimat wiedersehen werden, wenn denn alles gut geht... !

Nur noch wenige Tage blieben Bunglass und McGregor im Münsterland, und die letzten davon waren reine Tage und Nächte des Abschiednehmens. So viele Freunde hatten die beiden Schafe gefunden. Zum Abschied waren viele von ihnen aus ganz Deutschland angereist, sogar Fans aus der Schweiz und Italien waren gekommen. Und dann war es soweit. Bunglass und McGregor werden Deutschland verlassen. Ihren Gasteltern Helga und Wuulfgeng und Kater Moritz verrieten sie jetzt auch, was sie noch genau vorhatten.

Man hörte kaum ein Atmen im Raum; etwas Außergewöhnliches war jetzt wohl zu erwarten. Bunglass schaute McGregor noch einmal tief in dessen fröhlich blitzende Schafaugen und richtete die folgenden Worte an die erwartungsvoll Lauschenden.

„Liebe Freunde, McGregor und ich haben uns auf ein vorläufig letztes Abenteuer eingelassen. Sicher werden gleich auch einige Sorgenfalten bei euch auftauchen, weil uns unsere Reise ja nach England führt.
Ihr werdet es kaum glauben, aber McGregor und ich fahren wirklich zur Olympiade nach London."

Helga und Wuulfgeng fielen fast die Kinnladen runter; Kater Moritz blickte aus seinem Sessel auf und sein Blick sah aus, als ob er von so etwas Unwahrscheinlichem wie einer bemannten Marslandung gehört hätte.

McGregor lachte laut, Bunglass nickte ihm zu, und McGregor fuhr nun mit der Ankündigung des kommenden Ereignisses in London fort: „Nun, bei einer Olympiade geht es nicht immer nur darum, noch „höher" zu Springen, noch „schneller" zu Laufen und noch „weiter" zu Werfen.

Nein, natürlich gehören auch die Eröffnungs-und Schluss - Feiern dazu, die sind eben ein fester Bestandteil so eines Ereignisses. Bei so einer Eröffnungsfeier muss möglichst immer alles „wie am Schnürchen" klappen. Schließlich schaut die ganze Welt zu. Die Gastgeber in London wollen dem Publikum einen Querschnitt des ganzen Landes vorstellen. Dazu gehören natürlich Schafe, von denen es mehr als Menschen im Land gibt.

Und jetzt fragt sich wohl fast jeder: „Wie passen wir denn dahin?"

Bunglass und ich haben schon vorab von dem Ereignis gehört, dass auch Schafe ihren Auftritt in London haben sollen, obwohl dies ja ein ganz streng gehütetes Geheimnis ist. Aber da Blut ja dicker als Wasser ist, haben wir dies eben doch über vier Huf-Ecken herum erfahren."

„Genau", fuhr Bunglass fort: „McGregor und ich haben uns dem Olympischen Komitee „als Trainer" angeboten.

Natürlich sind es Schafe nicht gewohnt, in so einem großen Stadion und vor so vielen Menschen ihren Auftritt zu haben. Das Olympische Komitee war nach kurzer Skepsis doch bald hoch erfreut, dass wir uns um die dann einlaufenden Schafe kümmern würden, diese ja auch verstehen und ebenso natürlich auch anders herum – eine Sorge weniger."

Bei den Gasteltern wechselten die Gesichtsausdrücke von höchst erstaunt in höchst besorgt. Wie verhielt es sich denn mit der immer noch drohenden Gefahr der Entdeckung von McGregor? War diese ganze Sache nicht etwas leichtsinnig?

Bunglass merkte die Besorgnis sofort: „Keine Angst, wir haben uns das alles gut überlegt. Niemand wird uns unter den vielen Tausend im Stadion erkennen.

McGregor wird dort nicht im Kilt auftreten. Wir beide werden akkreditiert, damit wir uns völlig frei bewegen können. Um unseren Hals wird jeweils der Akkreditierungs-Ausweis mit Pass-Bild hängen. Das ist der einzige Unterschied zu den vielen sonstigen Schafen im Stadion. Natürlich werden wir auf unseren vier Pfoten herum traben, um nicht unnötig aufzufallen."

Jetzt übernahm wieder McGregor das Wort: „Wir haben mit den Organisatoren beim Deutschen Komitee die Sache telefonisch bereits ausgiebig besprochen.

Bunglass und ich stehen unter dem Schutz der uns begleitenden Sicherheitsleute, man wird auch auf uns ein besonders wachsames Auge haben. Außerdem wissen auch einige Mitglieder von Tierschutzvereinen Bescheid. Auch die werden uns begleiten und beschützen, sobald Gefahr drohen sollte. Sogar ein „James Bond" hat für einen der Vereine mal die Vertonung für einen Bericht vorgenommen, und das ist wirklich wahr, was soll uns also schon passieren?"

Die Gasteltern und Kater Moritz entspannten sich langsam wieder. „Ihr seid wahrhaftig zwei abenteuerlustige Gesellen. Unsere Gebete und Gedanken werden bei euch sein, du meine Güte!

Es ist kaum vorzustellen, wie es ohne euch sein wird; wir vermissen euch schon jetzt."

Dass diese letzten Tage in Deutschland besonders schön waren, wird jeder verstehen. Zuviel hatte man ja gemeinsam erlebt. In den Abendstunden auf der Terrasse kam denn auch noch nach und nach alles zur Sprache, was in der Zeit ihres Aufenthaltes passiert war. Und auch der Spruch „geile Zeit" war zu hören. Kater Moritz, der doch eigentlich immer den Starken markierte, nur bereit, das zu tun, was er will, dem kamen sogar die Tränen. Und er schämte sich keineswegs dafür, schließlich lachte auch keiner.

Die Schafe und er hatten sich wunderbar verstanden, was Moritz zunächst nicht gedacht hatte. Na ja, eigentlich waren die Schafe ja Eindringlinge in sein Revier gewesen, hatten sich aber brav aufgeführt und ihm nichts streitig gemacht, auch nicht sein Katzenfutter, was für ihn enorm wichtig war.

Eine Woche später war es dann soweit, wieder einmal ein Abschied, diesmal der von Bunglass und McGregor von ihren Gasteltern und Kater Moritz. Vom nahen Flughafen konnte man direkt in Richtung London starten, ein Sonderflug für unsere Schafe, begleitet von den ersten Offiziellen, die Bunglass und McGregor zu Gesicht bekamen.

Noch im Flugzeug zogen sich Bunglass und McGregor um, sie zogen eigentlich nur etwas aus, Bunglass seinen Pullover, auf den er so stolz war und seine irische Kappe, McGregor seinen Kilt mit allen Utensilien, was ihm sichtlich schwer fiel. Ihre Begleiter und Aufpasser nahmen alles in Verwahrung. Jetzt sahen Bunglass und McGregor so aus, wie man es von allen Schafen gewohnt ist. Etwas betreten standen sie zwar im Flugzeuggang, eben nur noch in ihrem eigenen Fell, daran würden sie sich wohl erst noch wieder gewöhnen müssen.

Der Flug war kurz, Bunglass, McGregor und „Begleiter" bezogen ihre Unterkünfte bei den deutschen Sportlern im Olympischen Lager.

Und dann ging es zwei Tage später auch sofort los.   Der Einmarsch ins Stadion stand an. Zum Üben hatten Bunglass und McGregor nicht viel Zeit gehabt, waren mit dem Ergebnis aber sehr zufrieden.
Bunglass und McGregor hatten bei der Eröffnungsfeier alle auftretenden Schafe gut im Griff.   Die Veranstalter der Olympischen Spiele konnten stolz darauf sein, dass selbst Schafe dort so stramm durchorganisiert sind und heldenhaft in ein Riesenstadion einmarschieren können.

Da alles gut gelaufen war, kein Schaf sich im Stadion verirrt hatte, war der offizielle Teil für Bunglass und McGregor damit erledigt.   Mit ihren Akkreditierungs-Ausweisen durften sie sich völlig frei auf dem Gelände bewegen.   So kamen die beiden eben überall viel herum und bekamen auch vieles mit, was für manche Ohren nicht bestimmt war.   Da wohl alle glaubten, die Schafe können sowieso nicht verstehen, was besprochen wird, kamen Bunglass und McGregor so einigen Geheimnissen am Rande der Olympiade auf die Spur.

Hier ist nur ein Beispiel:

Die Schweizer Delegation brachte einen Vorschlag ins Spiel, wie auf Grund der Menschenrechts-Konvention ein so kleines Land nicht länger benachteiligt werden sollte.

Da die Schweiz für einige Sportarten zu klein ist, hier sei nur der Zehntausend-Meter-Lauf oder Speer-Weitwurf genannt, wurde von der Schweizer Delegation beantragt, „Bergwandern als olympische Disziplin" einzuführen.

Natürlich war es jetzt „für London" zu spät dafür, aber ein großer Aufschrei kam bereits jetzt schon von den Delegierten aus den Niederlanden!

Diese stellten sich sofort quer und mahnten jetzt ihrerseits ihre Rechte gemäß der Menschenrechts-Konvention an. Sie brachten zur Sprache, dass dann die Niederländer benachteiligt wären, da sie ja nicht ausreichend würden trainieren können. Schließlich, so wies der Niederlande-Komitee-Vertreter „Herr Van Ohneberg" darauf hin, gibt es dort keine Berge! Dieses Thema wurde sodann – natürlich - erst einmal auf einen späteren Zeitpunkt vertagt.

Bunglass und McGregor nutzten ihre Freizeit noch für einen Herzenswunsch von ihnen. Sie hatten von der Schweizer Delegation erfahren, dass auch der „Geißen-Peter" mit beim Schweizer Team anwesend ist. Von dem und seiner Familie hatten sie in einem weltweit bekannten „Heidi-Buch" gelesen.
Auf die Frage, ob denn auch der „Alm-Öhi" hier im Olympischen Dorf ist, da schüttelten unsere Alpenbewohner traurig die Köpfe.

„Nein, leider ist er nicht hier. Er hatte es so gut gemeint und wollte der Schweizer Mannschaft zwei Alphörner bringen, damit sie es auch schön „heimelig" haben, aber leider wurde er beim Zoll aufgehalten.

Man hat die Alphörner tatsächlich als solche dort nicht erkannt. Die machen hier in London ja so einen Aufwand mit der Sicherheit, dass sogar Raketen auf manchen Dächern sind. Die sind so empfindlich, dass man die Alphörner doch glatt für Kanonenrohre oder Panzerfäuste gehalten hat. Unser armer Onkel, der Alm-Öhi, sitzt nun in Untersuchungshaft im Tower ein. Was ist das für eine Schande, warum sind wir auch nicht in der EU? Vielleicht wäre dann alles leichter!"

Bunglass und McGregor waren sprachlos! Sie würden das in ihrer nächsten Presse-Konferenz ganz bestimmt „zum Thema" machen. Aber dann fiel den beiden noch etwas Besonderes ein. Schließlich nahte jetzt die Schlussfeier der Olympiade. Immer noch akkreditiert, durften Bunglass und McGregor natürlich auch noch an dieser Feier teilnehmen. Und beim Einmarsch gingen die beiden vor dem deutschen Team und auf ihre Fahnen hatten sie geschrieben:
„Wir fordern auch Berge für die Niederlande! „
u n d
„Wir fordern auch Bergwandern als Olympische Disziplin!„

Bunglass und McGregor sind eben sehr diplomatisch, aber manchmal übertreiben sie es auch.   Natürlich wurden die Flaggen samt Bunglass und McGregor sofort von den Sicherheitsleuten aus dem Stadion entfernt. So konnten sie auch leider den Schluss nicht mehr mit verfolgen, wo doch noch Musik angekündigt war, die sie auch noch gern gehört hätten.   Es sollten doch noch die „Spice Girls" singen!

Weitaus schlimmer für die Schafe, als nicht die Spice Girls singen zu hören, war, dass Bunglass und McGregor für einen Moment zu sorglos und übermütig waren.   Sie hatten sich zwar nur kurz aufgerichtet, waren zusammen gezuckt, als sie das bemerkten, aber was wäre, wenn auch diesmal wieder Filmaufnahmen zu sehen sind, auf denen dieser unbedachte Moment auch gezeigt wird?

Es war nur gut, dass die deutschen Sportler eigene Sicherheitsleute dabei hatten, die für die Schafe bürgten, die keine weiteren Dummheiten mehr machen würden.   Ihre Ausweise am Hals boten ihnen auch weiteren Schutz, so dass die beiden nur in die Sportler-Unterkünfte geführt wurden.   Es dauerte nicht lange, bis auch ihre mitgereisten Aufpasser mit noch bleichen Gesichtern bei ihnen erschienen.

Alle saßen ziemlich betroffen beieinander, sich voll bewusst, welches Risiko sie da soeben eingegangen waren - e i n unbedachter Moment!

Alle waren sich einig, dass jetzt sofort gehandelt werden muss. Bunglass war ja nicht gefährdet, er sollte sich auf den Weg nach Irland machen. McGregor sollte schnell aus der Schusslinie gebracht werden.

Die beiden Freunde vollzogen nun endgültig ihre vorläufige Trennung. Das nächste Wiedersehen war in Irland geplant. Der Zeitpunkt blieb noch offen, um das weitere Geschehen abzuwarten.
McGregor sagte: „Bunglass, bitte verwahre mir meine Sachen gut, bis wir uns hoffentlich bald wiedersehen." Bunglass verschlug es – wieder einmal – die Sprache, da er mit der Trennung sehr zu kämpfen hatte. Eine letzte Umarmung mit McGregor, dann trabte Bunglass winkend zu einem bereit stehenden Transporter, der ihn über die halbe Insel zur Fähre nach Irland bringen sollte.

Ohne Kilt und die anderen dazugehörigen Dinge sah McGregor nun wie ein ganz normales Schaf aus. Er musste sich wirklich zwingen, auf allen Vieren zu traben, um nicht aufzufallen.

In Deutschland hatte es einen Teil ihrer Berühmtheit ausgemacht, auf zwei Beinen zu gehen. Jetzt war aber geplant, dass McGregor zusammen mit weiteren normalen Schafen zusammen reisen würde, um so sicher zu stellen, dass er inmitten einer Schafgruppe nicht unnötig auffiel.

McGregor gelangte mit seinen Helfern auf das Schiff, das alle bis nach Newcastle bringen würde. Wieder kam ein Schrankkoffer – wie damals beim Zug in Mallaig – zum Einsatz. Da es eine Inlandreise war, gab es auch keine Schwierigkeiten – wie etwa beim Zoll. Die Reise verlief also unproblematisch. In Newcastle standen die nächsten „Helfer" bereit, die für den Weitertransport von McGregor sorgen würden. Hier wurde an einem geheimen Treffpunkt in der Nähe von Whitley Bay die ganze Lage noch einmal ausführlich besprochen.

Viele Freunde hatten an dem Plan gearbeitet, wie McGregor ungeschoren zu seiner Heimatherde gelangen sollte, die immer noch in den „Oberen Highlands" graste. Neben den Menschen waren auch schon die begleitenden Schafe eingetroffen, und die Anspannung stieg in die höchsten Gefilde, als der Sprecher der Helfer begann: „McGregor, hier gebe ich dir den Plan für deine Reise. An vielen Orten wirst du – gut getarnt von den Schafen - Freunde finden, die schon auf dich warten. Außer den hiesigen Helfern im Land haben auch deine Gasteltern in Deutschland mit an diesem Plan gearbeitet.

Die waren ja auch schon in Schottland und kennen viele Fans, die von dir und Bunglass schon gehört haben. Alle warten darauf, dir weiter zu helfen, deine Familie zu finden."

McGregor sah auf die Landkarte vor sich, die viele Orte enthielt. Auch Namen waren dort angegeben und nicht zu übersehen, auch einige Warnhinweise. „OK", sagte er: „Ich sehe, dass der schnellste Weg in die „Oberen Highlands" an Edinburgh vorbei und über Pitlochry und Inverness führt. Das scheint nicht ungefährlich zu sein, wie ich an den „DANGER" Symbolen erkenne, die auf der Strecke eingezeichnet sind."

„Genau so ist es, McGregor. Es werden dich ja – außer den Schafen - auch immer menschliche Freunde auf deinen Wegstrecken begleiten. Wir sollten alle zuerst die Route nach Dumfries nehmen. Dort haben wir gute Freunde ausgesucht, die euch dann von dort aus weiter helfen werden. Wir werden dort bei Robertson und Anna Unterkunft finden. Von dort aus werdet ihr dann weiter nach Callander fahren. Im „Poppies" dort fragt einfach nach Mac und Ania. Damit soll es erst einmal genug sein.

Von Callander aus müsst ihr dann einfach weiter sehen, ob es bei unserem Gesamt-Reise-Plan bleiben kann. Das besprecht ihr dann am besten mit den Helfern am Ort."

McGregor, seine menschlichen und tierischen Freunde machten sich auf den Weg. Die Helfer hatten einen Transporter ausgesucht, der nicht besonders auffallen würde, denn er glich den anderen Transportern im Land.

Und davon gab es viele, gibt es doch immer viele Schafe zu transportieren. Bis nach Dumfries ging alles reibungslos. Robertson und Anna bereiteten allen eine herzliche Ankunft – die anderen Schafe wurden auf einer nahen Grasfläche untergebracht. McGregor bestaunte besonders die Bildergalerie im Hausflur, auf denen Robertson mit Kilt-Trägern aus aller Herren Länder zu sehen war. Natürlich trug auch Robertson den Kilt, und McGregor sehnte sich schon jetzt nach dem Zeitpunkt, an dem auch er wieder den Kilt tragen würde.

Schon am nächsten Tag – man wollte keine Zeit verlieren – wurden die Schafe allesamt eingesammelt und weiter fuhr der Transporter in Richtung Callander.

Alles klappte sehr gut. Im „Poppies" mit seiner sehr gut bestückten Bar – und seinem vorzüglichen Restaurant - trafen sich die menschlichen Helfer. Nach einem kurzen Telefonat kam auch Mac hinzu, Ania bereitete derweil im Gästehaus alles weitere vor. Die Schafe – außer McGregor – wurden wieder auf einer nahen Wiese „geparkt". Diese empfanden die ganze Reise als ein großes Abenteuer und waren begeistert, auf diese Art und Weise so viel Neues kennen zu lernen. Natürlich testeten sie immer ausführlich die Grassorten der verschiedenen Stationen. Die Gefährlichkeit der Reise vergaßen sie dadurch völlig.

Die Helfer, die für den weiteren Weg von Callander nach Inverness über Pitlochry zuständig waren, mahnten zur Eile. Bei noch so großer Geheimhaltung konnte es immer ein Loch geben, das die ganze Sache gefährden konnte. Es sollte auch gut so sein, dass ein gewisses Misstrauen in das Gelingen des Ganzen nicht beiseitegeschoben wurde. Bis Pitlochry, der auch ein schottischer Kurort ist, ging auch alles planmäßig. Am nächsten Treffpunkt dort warteten schon Andrea und Martin an der Lachstreppe.

In ihrer wunderschönen Gästeanlage – mit Wiese - verbrachte die ganze Truppe einen ausgelassenen Abend. Schließlich war man schon ein ganzes Stück voran gekommen.

Am nächsten Morgen beim Frühstück erschienen Andrea und Martin aber mit einigen Sorgen, die sich auf ihrer Stirn abzeichneten.

„Ihr solltet euch beeilen und aufbrechen, denn wir haben von Freunden gehört, dass sich auf eurer Strecke nach Inverness etwas zusammen brauen könnte. Da wir ja die ganze Geschichte von McGregor kennen, um uns entsprechend auf diese Reise vorbereiten zu können, kennen wir auch die „Gefährlichkeit der roten Autos". Gut, dass es auch bei geheimen Organisationen ab und zu ein Loch gibt – oder besser gesagt „einen tierlieben Freund" - und wir eine Warnung erhalten haben.

Von Inverness aus sind heute Morgen mehrere von diesen genannten Autos los gefahren – in Richtung Pitlochry. Unser geplanter Weg nach Inverness dürfte also nicht mehr zu empfehlen sein."

So schön der Abend gewesen war, so schnell hatte sich die Heiterkeit nun aufgelöst.

Mac Gregor – auf dem alle Blicke ruhten – fand seine Sprache dennoch verhältnismäßig schnell wieder, hatte er doch schon viele gefährliche Momente überstanden. „Ihr habt doch sicher schon eine Idee, wie wir diese Gefahr umgehen können, nicht wahr?"

Auch Martin hatte seine Sprache wieder gefunden: „Das ist so. Wir haben schon Kontakt mit dem Besitzer vom Blair Castle aufgenommen. Dieses Castle liegt auf dem Weg nach Inverness. Nun trifft es sich außerordentlich gut, dass der Schlossherr eine vortreffliche Idee hat. Ihm ist es geschichtlich verbrieft und besiegelt, dass er die einzige Privatarmee im ganzen Vereinigten Königreich haben darf. Jährlich findet auch ein Aufmarsch dieser Truppe mit „Pipes and Drums" statt, der ein Höhepunkt im Jahr ist und viele Touristen anlockt. Er hat mir mitgeteilt, dass er ein Sonder-Training für seine Truppe veranlassen wird. Wie das aussieht, das wird euch Andrea sagen."

„Das werde ich sehr gerne, weil es sehr erfreulich ist", sagte Andrea. „Unser Freund im Castle wird so rechtzeitig mit seiner ganzen Truppe ein Manöver auf der Verbindungsstraße abhalten, dass die Straße für eine Weile gesperrt sein wird.

Wir halten uns deshalb an den Ausweichplan. Ihr alle werdet den Weg über den „Pass von Cilliecrankie" nehmen. Dieser Weg führt euch dann vorbei an Balmoral Castle. Dieses Castle ist ein Sommersitz der Queen. Dort werden eigentlich ja besonders viele Sicherheitskräfte sein, die aber sicherlich nicht mit euch rechnen, dafür sind die ja auch nicht da. Wir halten es hier mit dem Motto „Frechheit siegt". Was haltet ihr davon?"

McGregor strahlte, die Helfer waren begeistert, und das waren auch alle anderen begleitenden Alibi-Schafe, die sich schon sehr darauf freuten, einen Blick auf das berühmte Balmoral Castle werfen zu können, auch wenn dies nur durch die Schlitze auf dem Transporter möglich war. Eine dortige „Führung" hielten auch sie für ausgeschlossen.

Die Fahrt durch die wild romantische Region, wo auch viele Whisky-Brennereien ihr Zuhause haben, gelang super.

Keinerlei negative Einflüsse lagen auf ihrem Weg, wenn auch die ganze Zeit über eine gewisse Anspannung nicht zu leugnen war. So kamen alle unbeschadet in Inverness an.

Die nächste Verabredung dort lag örtlich auf der Wiese am River Ness vor dem Pub an der Ecke Huntly/Wells Street. Russel und Ellen waren die nächsten Ansprechpartner. Sie hatten ein eigenes Schaf dabei, das sich „Duncan of Torridon" nannte. Es hatte von McGregor gehört und wollte ihn unbedingt kennen lernen. Was macht auch schon ein Schaf mehr auf einer Wiese, das fällt doch gar nicht weiter auf.
Alle waren froh, dass sie es immerhin bis hier geschafft hatten. Die weiteren Ausweichorte brauchten jetzt nicht mehr in Anspruch genommen zu werden. Um alle vom aktuellen Stand zu unterrichten, telefonierten Russel und Ellen mit den dortigen „Schaf-Aktivisten" in Fort William, wo Brenda und Steven ihre Hilfe angeboten hatten und ebenso mit einem Pub in Cairndow, wo Familie Fraser weiter geholfen hätte. Auch die atmeten jetzt auf und ließen McGregor ausrichten, dass man auf ihn und seine dortigen Helfer jeweils einen guten schottischen Single-Malt trinken wird.

In Inverness hielt man sich auch nicht lange auf. McGregor drängte zum Aufbruch. Einerseits erforderte es die immer noch nicht ungefährliche Lage, andererseits beflügelte ihn die Nähe zu seiner Familie hoch im Norden.

Vom Großteil der Helfertruppe verabschiedete sich McGregor voller Dankbarkeit. Zusammen mit den Schafen, die ihn bis jetzt alibimäßig begleitet hatten, fuhr der Transporter noch bis hoch in die Nähe von Ullapool. Dann nahm McGregor auch vom Fahrer und seinen Schafen Abschied und trabte freudig in Richtung Norden. Auch dachte er daran, nicht zweibeinig zu gehen. Schließlich wollte er nicht noch zu guter Letzt durch Leichtsinn auffallen.

Bunglass erhielt telefonisch Nachricht vom Gelingen des ganzen Abenteuers, ebenso wie die Gasteltern im Münsterland. Und diese Nachricht ging nach und nach an alle Fans der Schafe, und das nicht nur in Deutschland. Orte der McGregor-Reise wurden dabei aber nicht genannt.

Wohin McGregor nun seine letzten Schritte lenkt, das soll allein sein Geheimnis bleiben. Irgendwann einmal wollen ihn doch alle seine Freunde wiedersehen. Nur zum Beispiel - wartet in Irland nicht nur sein zurückgebliebener Kilt auf ihn, den Bunglass für ihn aufhebt.

Rote Autos mit einer „bestimmten" Aufschrift wurden in der Gegend nördlich von Inverness nicht mehr gesehen.

Es wurde aber gemunkelt, dass einige schwarze Geländewagen mit amerikanischen Nummernschildern „auffällig unauffällig" unterwegs sein sollen, und das sollen keine Touristen sein.

ENDE

Aufenthaltsort der Herde ???

INVERNESS
(Russel und Ellen)
DANGER !!

.

BALMORAL
CASTLE

.
.

BLAIR CASTLE
DANGER !!

.
.

PITLOCHRY
(Andrea und Martin)

.
.

CALLANDER
(Mac und Ania)
DANGER !!

.
.
.   EDINBURGH
.   **DANGER !!**
.

DUMFRIES ....
(Robertson und Anna)

.

...............WHITLEY BAY

.
.

NEWCASTLE
-Ankunft Schiff-

Die vorseitige Karte zeigt

den Verlauf von McGregors Weg in die Oberen Highlands im Anschluss an die Teilnahme bei den Olympischen Spielen in London.

Ortskundige Schottland - Fans werden sich wohl voller Freude und Sehnsucht an die angegebenen Orte und umgebenden wunderschönen Landschaften erinnern, alle anderen können an Hand der Angaben sicher McGregors Weg nachvollziehen.

Und wenn sie, liebe Leserin und lieber Leser, eine schottische Karte vor sich haben, dann bleibt es ihrer Fantasie überlassen, wo sich McGregor jetzt wohl aufhalten könnte.

Und wie wäre es eigentlich mal mit einem Urlaub

„ Auf den Spuren von McGregor in Schottland „

oder

„ … von Bunglass in Irland" ?

Auch alle Namen der angegeben menschlichen Personen sind tatsächlich real. Allen sei ein großes Dankeschön für die patriotische Hilfe gesagt, die unseren Schafen Bunglass und McGregor zu Teil wurde.

… weiter bisher erschienen sind:

„Schaf-Geschichten mit Johanna"
- ein Kinder-Buch -
ISBN 9783848251032

(geschrieben zur Taufe unserer Enkelin)

und

„The adventures of two sheep friends"

ISBN 9783732233328

(in Englisch – vorgestellt 2013 in Schottland)

... Autor Wuulfgeng bei der Arbeit.

Schlussbemerkung / Hinweis:

Nach vielen (ca. 60) größtenteils n i c h t veröffentlichten Kurzgeschichten ist dies hier nun mein erster richtiger Roman.

Noch b e v o r dieser in Druck ging, bestanden meine „Probeleser" unbedingt auf eine Fortsetzung der Geschehnisse um Bunglass und McGregor.

Dem werde ich abhelfen, soviel sei schon jetzt gesagt.

Die Idee dafür ist schon da, und es wird etwas geben, was auch diesmal wieder niemand für möglich halten würde.

Ich bin sicher, dieses Buch hat ihnen gefallen, wenn sie Humor, Fantasie und natürlich auch einen Hang zu wirklich passierten Vorgängen haben.

Der zweite Roman wird so erscheinen, dass er für die Kenner des ersten wie eine Fortsetzung aussieht. Für diese ist es dann auch so.

Der zweite Roman wird aber so geschrieben, dass er auch ohne den ersten zu lesen und zu verstehen ist.